—— 날마다,
28

날마다, ___ 28

날마다 28개 치아의
안부를 묻는다

——— 장지혜

 ———

싱긋

살랑이는 바람을 뒤로한 채 나는 친구들과 함께 학교의 명물인 한 벚나무 앞에 서 있었다. 이 벚나무는 여느 꽃나무와 다르게 특이한 점이 있었다.

"이 미친 나무 앞에서도 사진 한번 찍어야지. 니 이 나무가 왜 미친 나무인 줄 아나?"

친구가 강한 경상도 어조로 내게 물었다.

"봐라. 이 나무는 한 나무에서 꽃이 여러 가지 색으로 피는 것으로도 모자라 심지어 한 송이 안에서도 꽃잎 색이 다른 것도 있다 아이가. 정말 정신없다."

신기하게도 그 벚나무 꽃은 마치 꽃다발처럼 흰색, 분홍색, 자주색 등 꽃잎이 매우 다채로웠다. 게다가 멀리서 봤을 때는 잘 몰랐는데, 가까이에서 들여다보니 꽃 한 송이에서도 꽃잎 색이 다른 꽃들도 있었다. 마치 솜사탕

같이 어우러진 그런 꽃을 발견할 때면 네 잎 클로버를 찾아낸 것처럼 기분이 좋았다. 이런 현상이 나타난 이유에 대해 어떤 이는 DNA 돌연변이라 했고, 또 어떤 이는 접붙이기 때문이라 했다.

하지만 아무려면 어떠하리. 그 앞에서 사진 찍는 우리는 아무 상관 없었다. 다른 나무들처럼 한 가지 색이 아닌 다양한 색으로 꽃을 피워도 우리 눈에는 그저 인생샷 건지기 좋은 어여쁜 꽃나무인 것을. 아무리 다르다고 해본들 대자연 앞에서 그 다름은 큰 의미가 없었다. 오히려 독특하고 아름다운 개성으로 여겨질 수 있지 않은가. 그 자리에 가만히 서 있는 나무에게 이유를 대라 하고 분석을 요구하는 것은 너무 가혹했다.

그럼에도 불구하고 그 나무는 이미 알고 있었던 것 같았다. 말도 안 되는 푸른 하늘, 살랑이는 바람, 따듯한 햇살과 다른 꽃나무들 사이에서 자신의 역할은 그저 사람들에게 쉬어갈 그늘을 만들어주고 꽃잎이 지기 전까지 아름다움을 전하는 것일 뿐, 왜 다르냐는 세상의 소리에 큰 의미를 둘 필요 없이 잠시 귀를 닫아두어도 된다는 사실을. 가혹한 이름으로 불리는 것도 억울할진대 아랑곳하지 않고 서 있는 모습이 도도해 보이기까지 했다.

누군가 내게 왜 이 책을 쓰냐고 묻는다면 글쎄, 한 조용한 내향인의 역설적인 외침이라고 해두자. 세상의 부정적 시각(혼자만이 느낀 부정적인 시각일지도 모른다)을 감당하지 못해 늘 마음 한구석에 커다란 돌덩이를 안고 있는 것처럼 느껴졌던 나에게 꽃나무가 꽃잎 사이로 햇살을 받으며 이야기한다. 계속 조용해도, 굳이 변하지 않아도 괜찮다고. 조금 늦게 알아차린 작은 비밀인 듯하지만 그것이 지닌 힘은 컸다. 미래에 대한 큰 결정을 내려야 했을 때도, 아무것도 하지 않아도 되는 평온한 일상에서도 그 작은 깨달음은 삶 전반에 잔잔하게 영향을 미쳤다. 조금은 숨쉬기 편해진 느낌이다.

건축 도면의 선들을 꼼꼼히 살펴보던 나의 눈은 이제 매일 28개의 치아를 찬찬히 헤아리며 살피고 있다. 처음에는 완전히 다른 분야에 도전한다고 생각했고 그때까지의 노력과 경험이 모두 쓸모없어지는 것은 아닌가 하고 걱정했다. 하지만 돌이켜보니 쓸데없는 경험은 없었고 내가 가장 사랑했던 찬란한 순간들은 나에게로 와서 이미 나의 일부를 이루고 있었다.

이 글을 쓰기 위해 시작한 과거로의 여행은 그야말로 과거와의 대화인 셈이다. 불혹이 지난 지 몇 해가 되었지만 여전히 불혹이라는 단어는 낯설다. 견고하고 흔들림 없는 그 이미지에 감히 나를 견줄 수 있을까. 흘러가는 시간을 애써 외면하고 있는 것인지도 모르겠다. 그래서 일부러라도 과거의 나와 마주해보려 한다. 그저 아무 상관 없는, 잊히면 그만인 과거일 수 있겠지만 되뇔수록 현재 지금의 나와 떼려야 뗄 수 없는 어떤 연결고리가 있었다는 것을 깨달았기 때문이다. 과거와의 대화를 통해 지금의 나를 더 깊이 이해하게 되면서 더는 나 자신을 가혹하게 괴롭히지 않게 되었다. 인간심리를 연구한 수많은 서적에서도 공통적으로 이야기하지만 자신에 대한 올바른 이해에서부터 모든 것이 시작된다고 한다. 모든 퍼즐은 외부에서가 아니라 자기 내부에서 맞춰진다. 그렇게 어설프게 나를 찾아가는 과정의 여행이 시작되었다.

이 책의 이야기는 나의 다름을 깨닫고 인정해나가는 성장 이야기라 할 수도 있고, 서로 완전히 다른 줄 알았던 분야에서의 공통점을 발견하는 이야기일 수도 있다. 지금도 정답을 모르는 인생이라는 긴 시험을 치르고 있는 도중에 잠깐 멈추어 한눈을 팔며 이렇게 키보드를 두드리고 있다.

차례 _____

"

미소를 더욱 환하게 만들어주는
대문니

"

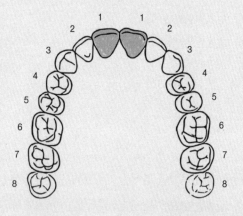

대문니(중절치)

일명 앞니라고 불리는 치아 중 가장 큰 가운데 치아
두 개를 말한다. 웃을 때 가장 많이 보이며 음식을 끊
거나 자르는 역할을 한다.

또각또각, 보호자의 다급한 발소리가 치과 복도에 울려 퍼진다. 긴박함이 공기를 타고 원장실까지 전해질 때면 이내 어김없이 콜이 온다.

"자전거 타다가 부딪쳐서 앞니가 빠져버렸어요. 여기 우유에 담가서 가져왔어요."

사고로 치아가 빠지고 나서 가장 중요한 것은 시간이다. 1시간 이내로 치과에 도착하면 빠진 치아를 원래 자리에 재식할 수도 있기 때문이다. 치아가 빠지거나 깨져서 오는 경우는 대부분 대문니다. 가장 맨 앞에 있기 때문에 각종 사고에 취약하다. 대문니는 문지기처럼 직접 외부 자극을 고스란히 감내하고 맨 앞에서 고군분투하며 다양한 역할을 담당한다. 입이 음식을 감당할 만큼 끊어주고, 발음에 관여하며, 외력에도 기꺼이 가장 먼저 맞선다.

하지만 이 모든 대문니의 기능적 역할은 둘째 치더라도 첫인상을 좌우하는 심미적 기능은 무엇보다 중요하다. 오랫동안 알고 지낸 사이가 아니라면 누군가를 처음 만날 경우 상대방의 첫인상을 좌우하는 것은 외모—잘생기고 못생기고를 떠나 호감을 느끼는 모습—다. 그중에서도 얼굴을 마주보며 이야기할 때 가장 먼저 눈길을 끄는 대문니는 첫인상에 많은 영향을 준다.

첫인상은 사회생활을 하는 데도 매우 중요하다. 한 번 형성된 첫인상 효과는 쉽게 바뀌지 않기 때문이다. 물론 그에 대해 신경쓰지 않는 사람도 있겠지만 내향인은 시험대에 올려진 것처럼 매 순간 부담으로 느끼기도 한다.

내향형인 나는 늘 내가 하자 있는 성격이 아닌가 생각했다. 그래서 더 주변 사람들을 의식했는지도 모른다. 사회생활에서 첫인상이 중요한 만큼 새 출발을 하는 데 그만큼 신경쓰이는 일도 없을 것이다. 특히 지방에서 서울로 막 올라온 신입생에게는 모든 것이 낯설 수밖에 없다.

나의 첫 대학생활은 영구치가 나오기 전에 자리를 잡았던 작은 유치로 비유하고 싶다. 아직은 작지만 성장하기 위해 꼭 필요했던 치아, 바로 나의 첫번째 대학생활이다.

대문니를 매일 소환하는 나의 첫 대학생활

20년 하고도 몇 해 전 어느 봄날, 교문 앞 광경은 참으로 낯설었다. 횡단보도를 건너기 위해 서 있었을 때 신호를 기다리며 사람들이 하나둘 모이더니 어느새 한 무리가 되었다. 신호가 바뀌자 사람들은 꼬리가 긴 먹물이 화선지 위에 퍼지듯이 빠르게 움직이기 시작했다. 요란한 자동차 경적소리와는 달리 출발선에는 이렇다 할 긴장감이 없었다. 신호등이 파란불로 바뀜과 동시에 앞사람은 바삐 걸음을 옮겼고 뒷사람은 앞사람의 걸음에 맞추어 뒤따랐다. 그 무리에 섞여 직선의 평지를 비장하게 걷다보면 사람들은 어느덧 사라지고 결승 지점의 마라토너처럼 나는 혼자가 되었다. 모였다 흩어지기를 반복하는 개미처럼 다음날 그들은 횡단보도 앞에서 또다시 무리를 이루었다. 합심하면 뭐든지 해낼 수 있을 것처럼 하나가 되어 전진하다가 이내 모래알처럼 맥없이 흩어지는 아침을 매일같이 반복했다.

대전에서 서울로 올라와 설렘 반 두려움 반으로 시작하는 대학생활은 모든 것이 새롭고 낯설었다. 지각할까봐 뛰어갈 때도 예외는 아니었다. 학교가 이렇게 큰지 몰랐다. 대강당 위치는 대충 알았지만 거기까지 가는 데 걸리는 시간은 미처 헤아리지 못했다. 모든 것을 눈치껏 혼자 해결해야 했다. 기본적인 대학생활은 미리 정보를 숙지해둔 터라 다른 사람들에게 물어보면서 눈치껏 따라 하다보면 되겠지 싶었다.

'첫날인데 지각하면 안 되지.'

　그날 수업은 채플이었다. 들리는 말에 따르면 조교가 임의로 자리를 정해주는데, 여러 과 학생들과 섞여 함께 앉는다고 했다. 그런 이유로 채플 옆자리 사람과 캠퍼스 커플인 시시가 될 수도 있다는 이야기가 나돌았다.

'모르는 낯선 사람들 틈에서의 수업이라니……..'

　숨을 헐떡이면서 오르막길을 올라 도착한 곳은 넓은 홀이 있는 대강당이었다. 세월의 흔적으로 만질만질해진 의자들이 줄지어 놓여 있었고 구석에는 피아노도 있었다. 미리 봐둔 지정석에 자리를 잡고 이리저리 둘러보았다. 놓치고 있는 것이 없는지 확인하려는 일종의 습관이었다. 내향적인 탓에 모르는 것이 있어도 다른 사람에게 적극적으로 다가가서 물어보는 데 어려움이 있었다. 그럴 때일수록 감각 스위치를 켜놓은 채 아무렇지도 않은 듯 눈을 감고 앉아 있는 것이 최선이었다. 딱히 눈을 둘 곳도 없어서 눈을 감고 수업이 시작되기만을 기다렸다. 낯선 환경에서는 다양한 상황을 머릿속에서 시뮬레이션해본다. 그러면 긴장감이 조금 풀어진다. 어렸을 때 갑작스러운 상황에 제대로 대처하지 못해 난감했던 경험을 한 뒤 생긴 나름의 대처법이었다.

초등학교 2학년 내향형인 나는 놀이터에서 시간 때우는 것을 좋아했다. 놀이터는 탐험하는 정글이 되기도 했고 우주가 되기도 했다. 보통은 동네 동생들과 롤러스케이트를 타거나 놀이터 철봉에 매달려서 놀았는데, 그날따라 친구 엄마가 통기타를 놀이터에 들고나왔다. 그바람에 다른 엄마들도 놀이터로 우르르 몰려들었다. 통기타 선율이 아파트 놀이터에 가득 퍼지자 잠시 캠핑 온기분으로 모두 화기애애했다. 분위기가 무르익었을 무렵 친구 엄마가 놀이터에서 놀고 있는 아이 한 명을 가리킨 뒤 노래를 시작했다.

"당신은 누구십니까?"

"나~는 아무개~"

순식간에 10여 명의 아이가 차례로 노래를 해야 하는 상황이 벌어졌다. 노래를 부르는 것이 부끄러워 도망가고 싶었지만 타이밍을 놓쳤다. 그래도 나는 내 차례가 왔을 때 눈을 질끈 감고서라도 노래를 했어야 했다. 그랬다면 지금까지도 그 기억의 단편에 괴로워할 일은 없을 테니까. 그때 나는 여러 친구와 친구 엄마들이 모여 있던 그 놀이터에서 조개처럼 입을 꼭 다문 채 멍하니 서 있었다. 다시 한번 노랫소리가 들렸다.

"당신은 누구십니까?"

한번 더 기회를 주려고 했던 듯싶은데, 이미 첫번째 기회를 놓친 상태에서 입을 떼기란 더더욱 어려웠다. 목소리 대신 눈에서 눈물이 나오기 시작했다. 온몸이 얼어붙었던 그때 시간도 멈춰버리기를 바랐다. 내향형인 나는 갑작스럽게 닥친 그 상황을 어떻게 빠르고 현명하게 대처해야 할지 몰랐고 그 자리를 피할 생각도 하지 못했다. 친구 엄마들의 웅성거리는 소리가 들렸다. 결국 옆 친구에게로 차례가 돌아갔다.

"그렇게 내성적이어서 앞으로 어떻게 살아갈래?"

부모님께 한숨 섞인 핀잔을 들은 지는 이미 오래다. 선택지가 있는 질문에도 늘 "몰라요"라는 대답으로 일관했다. 신중하게 생각하고 싶은 마음 반, 나중에 생각하고 싶은 마음 반이었던 것 같다. 그때 나는 참 답답하고 바보 같았다.

내성적 성격에 내포되어 있는 부정적 의미를 살면서 뼛속 깊이 체험했다. 부모의 고충도 이해하지만 내성적인 성격을 지닌 본인에 비하랴. 포털에 검색해도 아이가 내성적이어서 고민이라거나 내성적인 성격을 고치고 싶다는 청소년의 글이 넘쳐난다. 모두 잘못된 성격이라는 전제가 깔린 글들이다. 성인들은 그나마 가면을 쓰는 것이 가능하지만 어린아이들은 불가능하다.

"어른들께 인사를 잘 해야지" 하고 인사를 시키면 모기만한 소리로 고개를 푹 숙인 채 인사만 하고 도망가기 일쑤였고 "하라는 피아노 연습은 안 하고 놀러만 다녔구나" 하는 피아노 선생님의 꾸지람에도 매일 2시간씩 연습했노라고 반박하지도 못했다. 자기 의견을 적극적으로 표현하기보다는 침묵이 훨씬 편했고 해명보다는 손해가 익숙했다. 평상시에는 침묵의 대가로 아무것도 하지 않아도 중간까지 가기도 했다. 묻혀 있는 것이 존재를 드러내는 것보다 편했지만 그건 단지 바쁘고 시끄러운 세상 속에서 살아남기 위한 타협이었을 뿐 진정한 내면의 소리는 아니었다.

자신의 소리를 내지 못하는 대가는 혹독했다. 마음이 점점 곪아가고 있었지만 해결책은 없었다. 나만이 느낄 수 있었던 삐거덕거리는 그 불협화음은 어디서 비롯된 것일까? 마치 보이지 않는 막으로 세상과 내가 구분된 듯한 느낌이었다. 섞이고 싶었지만 물과 기름처럼 뱅뱅 겉도는 느낌과 동시에 내가 주인공인 영화에서 내 마음속 독백까지 세상에 까발려지고 있다는 허무맹랑한

불안감이 공존하는 느낌 때문에 행동 하나하나가 조심스러웠다. 그 불안이 착한아이증후군에 의한 심리적 구속 때문이었는지는 잘 모르겠다. 하지만 내가 느꼈던 그 구속의 느낌은 늘 백색소음으로 귀가 멍하고 희뿌연 안개 속에 갇혀 불편한 들숨을 쉬는 듯했다. 벗어나기 위해 아무리 허우적대도 그 안개는 쉬이 걷히지 않았다.

그래서였을까. '착한'이라는 단어에 거부감이 들던 때가 있었다. '착한'이라는 단어에 현혹되어 '착한아이증후군' 농간에 시달렸던 걸 자각하게 되었을 무렵인 듯하다. 어릴 때 늘상 듣던 그 말은 진정 칭찬이었을까. 그 말에 홀려 조련당하고 있는지도 모른 채 '착한'이라는 말 뒤에 숨어 '나'라는 존재를 잃고 살았다. '착한'이라는 굴레에서 벗어나 비로소 나를 들여다보았을 때 감정을 혹사당했던 바보 같은 내 모습이 보였다. 그제야 비로소 깨달았다. '나'라는 존재가 더 우위였어야 했음을. 그런데 어김없이 '착한'이라는 그 말을 또다시 듣고야 말았다. 더이상 아이가 아닌 시점에. 이번에는 누가 봐도 칭찬이 아니었다. 그러나 이상하게 거부감은 없었다. 심장에 새겨진 타투처럼 어느새 무뎌진 탓이리라.

그러다가 자아가 생기기 시작하면서부터 혼란이 시

작되었다. 누구나 겪는 격정의 시기라고 했지만 내 눈에는 그래 보이지 않았다. 남들이 자기 나이에 맞는 고민을 하고 공감을 하는 데 반해 나는 무언가 더 근본적인 고민을 하고 있었지만 슬프게도 그 실체조차 알지 못했다. 겉으로 평온했기 때문에 사춘기를 따로 겪지 않았다고 생각했다. 하지만 마음속 혼란은 20대 후반까지도 계속 이어졌다. 나의 단점을 잘 알고 있었기 때문에 카멜레온처럼 몸을 숨기고 눈에 띄지 않으려고 위장했다. 어색한 사회적 미소를 남발하면서 불편해하는 대문니를 매일 소환했다. 나는 숨으려 하고 '나 대신 네가 좀 나서봐' 하면서 등을 떠밀며 나의 대문니를 계속해서 혹사했다. 오늘도 크게 눈에 띄지 않았음에 안도하고 동시에 그 다름에 대해 슬퍼했다.

그리하여 대학교에 들어가서는 이런 성격을 바꿔야겠다는 생각이 강하게 들어 억지로 이것저것 시도했다. 내향형이 외향형의 가면을 쓰고 스스로를 위장하는 일은 흔하다. 사회에서 요구하는 성향에 맞추어 자신을 바꾸는 것이다. 그러나 이것은 잠시 자신을 숨기는 것일 뿐 근본적인 성향이 바뀌는 것은 아니다. 어느 누구도 완벽히 내향형이거나 외향형일 수 없다. 카를 융에 따르면 "완전한 내향성 또는 외향성은 존재하지 않는다. 그런 사람은 정신병원에서나 볼 수 있다"라고 했다. 개개인의 성향은 이분법적으로 구분할 수 있는 성질의 것이 아니다. 그러데이션되며 어느 한 지점에 위치되는 좌표로 굳이 양적으로 따지면 부등호 정도로 표시할 수 있다. 태어날 때부터 갖고 태어나는 고유한 성향은 바꾸고 싶다고 해서 바꿀 수 있는 것이 아니다. 그러므로 바꾸려는 노력은 어찌 보면 헛수고다. 이 사실을 깨닫기까지 꽤 오랜 시간이 걸렸다.

우물 안 개구리였던 나는 서울이라는, 그리고 대학이라는 새로운 세상으로 나아가기 시작했다. 실수도 많고 후회도 많았지만 나를 바꾸어보려고 했던 노력은 늘 무언가 맞지 않는 옷을 입은 느낌이었고 뒤늦은 사춘기처럼 많이 아팠다. 고등학교 때까지는 정신없이 급류에 휩쓸려 정해진 궤도로만 가다가 어느 날 대학이라는 평온한 듯 넓은 바다에 도착했을 때 정작 내가 가야 할 방향을 잃어버린 듯한 느낌이었다. 이제부터 나 혼자 모든 것을 결정하고 처리해야 한다는 생각에 정신을 똑바로 차리자고 다짐했다. 그 다짐에는 대학생활의 낭만도 포함되어 있었다. 누군가에게는 당연할 수 있는 낭만과 여유도 나 같은 내향인에게는 철저한 계획의 일부여야 했다.

대강당에 자리를 잡은 뒤 늦지 않았다는 안도감을 뒤로하고 잠깐 감았던 눈을 다시금 떴다. 그러고는 여유롭게 주위를 둘러보았다. 모든 것이 낯설었지만 낯설지 않은 것처럼 보이려면 눈치가 필수적이었다. 때로는 자신을 가리는 가면도 필요했고 연기력도 필요했다. 서로 인사를 나누는 사람도 있었지만 대부분은 무심히 앉아 있었다. 요즘 같았으면 다들 스마트폰을 들여다보고 있지 않았을까.

대강당에는 너무 많은 인원이 모여 있었던 탓에 출석을 부르는 일은 없었다. 출석은 위층에서 조교가 내려다보면서 빈자리를 체크하는 식으로 확인한다고 했다. 그래서 앉는 자리가 중요했다. 만에 하나 착각하여 다른 자리에 앉게 되면 출석을 했어도 출석을 안 한 것이 되는 것이다. 일정한 규칙으로 정렬되어 있던 많은 자리에는 각각의 이름이 붙어 있었다. 알파벳으로 그룹화되어 있거나 숫자로 나열되어 있었다. 각자의 이름과 소속이 있었지만 조교가 출석을 확인하는 그 시간만큼은 모두가 그저 지정된 그 어떤 번호에 지나지 않았다.

날마다 치아의 안부를 묻는 나는 치과의사다

대강당 의자 뒷면에만 번호가 부여되어 있는 것은 아니다. 현재 날마다 출근하는 치과에서 매일 들여다보고 있는 치아에도 번호가 붙여져 있다. 그 번호를 치식이라고 한다. 의사소통을 위해 간단하게 부르는 약속으로 치식에는 여러 가지가 있지만 주로 번호로 부른다.

치과를 찾아오는 환자들 중에는 아파서 오는 경우가 대부분이지만 더 나은 미래를 위해 현재의 시간을 투자하기로 결심한 이도 있다. 교정 치료 같은 경우 긴 치료 기간의 불편함을 감수할 정도인지 타진하는 시간이 필요하다. 정확한 진단을 하기 전 치아 상태를 처음 들여다보는 순간 환자의 긴장감이 공기를 타고 전해진다. 다소 낯선 분위기를 뒤로하고 나는 치아를 세기 시작한다.

치아를 센다는 의미는 현재의 상태를 정확히 파악하고 재정비하기 위해서다. 치아가 위치하는 턱뼈는 사람마다 상태가 다르다. 어떤 이는 뼈의 양이 넉넉하여 치아 사이에 공간이 있지만 어떤 이는 뼈가 작아서 치아가 겹치면서 삐뚤빼뚤하게 배열되어 있다. 이런 현상은 치아의 크기와 턱뼈 크기의 부조화에서 비롯된다. 치아가 가지런하지 않거나 튀어나오게 배열되어 있는 경우는 대개 치아가 놓일 공간이 부족하기 때문이다. 치아가 상대적으로 크거나 입이 상대적으로 작은 경우일 수도 있다. 치아가 놓여 있는 공간인 치조골이 작다면 치아는 그 위에 가지런히 위치하지 못하고 이리저리 겹쳐질 수밖에 없다. 그렇기 때문에 치아 크기 측정을 통해 치아를 가지런히 배열하기 위해 필요한 공간을 계산하는 과정이 필요하다.

이는 제한된 면적에서 한계를 정확히 파악하여 최대의 효과를 누릴 수 있도록 포기할 것은 포기하고 우선순위에 따라 선택과 집중을 하는 설계과정과 비슷하다. 방과 거실을 모두 크게 만들 수 없다면 방의 개수를 줄이거나 크기를 조금씩 줄여 맞출 수도 있다. 이처럼 교정 치료를 할 때도 치아 개수를 줄이거나 치아 크기를 줄이는 것도 하나의 방법이다. 필요한 공간의 양에 따라 방법을 달리 결정하기도 하지만 결정에 영향을 주는 그 밖의 다양한 변수도 존재한다. 교정에서 발치가 자주 언급되는 이유는 바로 이 때문이다. 그렇다고 절대적인 것은 없다. 아름다움의 기준조차 절대적이지 않기 때문이다. 모든 결정은 본인의 생각이나 그 밖의 여러 가지 상황을 고려하여 내린다. 그러므로 대화와 소통은 매우 중요하다. 치아에 이름이 아닌 숫자를 붙여서 부르는 것도 소통을 원활하게 하기 위한 일환 중 하나다.

소통에는 의료진끼리의 소통과 환자와 의료진 간의 소통이 있다. 의료진끼리 소통할 경우에는 정확성과 편의성을 위해 약속된 표현으로 치아의 이름이나 기구들을 말한다. 하지만 환자와 소통할 때는 알아듣기 쉽게 쉬운 언어를 사용한다. 여러 가지 정보 수집과정 중에서 가장 중요한 것은 환자의 입에서 가장 처음으로 나오는 주요 호소 증상(주소)이다. 이는 차트에도 환자의 표현 그대로 작성해야 할 만큼 굉장히 중요하다. 자신의 증상을 대변하는 표현에는 있는 그대로의 언어적 표현을 대체할 수 있는 것은 없다. 언어적 표현의 복잡 미묘함은 개인의 상황이나 처지, 과거의 경험 등이 한데 어우러진 대서사와 같다.

소통이라는 것은 어쩌면 한 개인의 낯선 표현에 좀 더 다가가기 위해 손을 내밀고 악수를 청하는 과정인 것 같다. 따뜻한 온기가 느껴졌다면 그것으로 연결이 시작된 것이다. 상대방으로 하여금 보이지 않는 저 너머에 대한 믿음을 주고 그것을 바탕으로 위태로워 보이는 출렁다리에서도 한 발을 내디딜 수 있게 해준다. 건너편에서 손을 잡아줄 것이라는 믿음이 흔들리는 발의 중심을 잡을 수 있도록 힘을 실어준다.

아름다움에 대한 통념은 시대와 사회에 따라 모두 다르다. 목의 길이가 아름다움의 상징이 되기도 하고 허리의 굵기가 아름다움의 상징이 되기도 한다. 또한 개개인이 살아오면서 경험했던 지극히 개인적인 사건들이 영향을 미치기도 한다. 직간접적인 경험들이 한데 어우러진 복합적인 가치 정립의 과정이다.

치아도 마찬가지다. 더군다나 본인 자신의 치아이기 때문에 본인의 생각이 더욱 중요하다. 무조건 이상을 좇기보다는 상황에 따른 한계를 직시하여 각각의 경우에 대한 설명으로 소통을 이어나간다. 어느 것 하나 간단한 것이 없다.

아름다움에 대해 사회적·개인적으로 다르다고는 하지만 아무것도 모를 것 같은 어린아이들이 유치원에서 예쁜 선생님을 좋아하듯이 누구에게나 받아들여지는 보편적인 아름다움의 기준이 있는 것도 사실이다. 콕 집어서 말하기 힘들 뿐 어느 언저리에 있다고나 할까. 그 비밀을 풀기 위해 많은 연구가 이루어지고 있으며 익숙한 황금 비율에서부터 추상적인 정서적 가치에 이르기까지 많은 이야기가 오가고 있지만 일반적으로 받아들여지고 있는 통념은 질서와 연관되어 있다.

대개 질서가 있으면 심미적으로 느껴진다. 불규칙한 치아 배열에 질서를 부여하는 과정은 심미성을 높이는 과정이며 그 첫 시작은 줄 세우기다. 구불구불한 철사를 반듯하게 펴면 길이가 늘어나듯이 치아도 반듯하게 줄을 세우면 앞쪽으로 튀어나오게 배열된다. 구치부는 덩치가 크고 뿌리가 많아 힘이 세기 때문에 상대적으로 약한 앞니가 앞으로 밀린다. 그런데 입이 튀어나오기를 원하는 사람은 거의 없다. 아무래도 비심미적이라고 여겨지기 때문이다.

그래서 앞니가 앞으로 많이 튀어나오지 않으면서도 가지런히 배열되게 하기 위한 계획을 세운다. 치아를 배열하기 위해 필요한 공간과 실제 치아가 놓일 공간의 크기 차이를 파악하여 그 차이가 어느 일정 범위 이내라면 발치하여 해결하고 차이가 너무 크다면 수술을 고려한다. 발치까지 할 필요가 없는 정도의 차이는 치간 삭제를 한다. 치간 삭제는 치아 사이사이를 삭제하는 것인데, 삭제할 수 있는 양에는 한계가 있다. 치아의 가장 바깥층은 법랑질이라고 하는 가장 단단한 층으로 이루어져 있는

데, 이 법랑질 두께 이상으로 삭제하면 시림 증상이 나타날 수 있기 때문이다. 그 반대의 경우로 공간이 살짝 남아 있거나 치아 하나가 유독 크기가 작은 경우에는 보철을 통해 치아의 크기를 키울 수 있다. 이와 같이 턱뼈 상황에 맞춰 치아에 가지런한 질서를 부여하는 것만으로도 통용되는 일반적인 아름다움에 한발 다가갈 수 있다.

머릿속에서 이와 같은 구강 내의 여러 가지 상황을 생각하며 숫자를 센다.

"하나, 둘, 셋, 넷……."

속으로 숫자를 세며 부족한 치아는 없는지 과잉치는 없는지 살피는 것이 가장 처음 하는 일이다. 놓치는 것 없이 살펴보려다 무심결에 입 밖으로 소리를 내어 하나, 둘, 셋, 넷 숫자를 헤아리기도 한다. 그중에는 살리기 힘들 만큼 충치가 큰 치아도 있고 무언가를 세게 씹었는지 깨져 있는 치아도 있다. 빠진 지 오래되어 주변 치아가 쓰러져 있는 경우도 있고 신경이 죽어 변색된 치아도 있다. 현재의 치아를 들여다보면 치아의 과거가 보이고 치료 뒤의 미래가 보인다.

날마다 치아를 세며 안부를 묻는 나는 치과의사다.

매력적인 조력자
가쪽 앞니

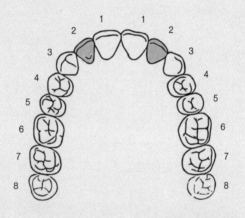

가쪽 앞니(측절치)

앞니 중 가장자리에 있어 대문니를 보조하는 역할을
한다.

가쪽 앞니는 마치 조력자와 같다. 대문니처럼 음식을 끊거나 자르는 역할을 하면서 대문니를 도와준다. 아래턱 앞니는 마치 네 쌍둥이처럼 네 개의 치아가 모두 비슷하게 생긴 반면 위턱의 가쪽 앞니는 대문니와 비슷한 생김새, 비슷한 기능을 하면서도 크기가 약간 작다. 청소년 드라마에서 자주 볼 수 있는 주인공 친구와 같은 느낌이다. 주인공은 아니면서 주인공 옆에 항상 붙어 있는 조연으로 주인공에게 힘을 실어준다.

간혹 두번째 앞니가 다른 치아에 비해 굉장히 작은 경우가 있다. 왜소치라고 하는데, 공교롭게도 이와 같은 형태 이상이 나타나는 치아는 주로 가쪽 앞니다. 왜소치는 크기도 작지만 형태도 납작한 끌 형태가 아닌 동그란 콘 형태인 경우가 많다. 아예 가쪽 앞니가 없는 경우도 있다.

"이 두번째 치아가 너무 작아서 이상해요. 다른 치아와 비슷한 크기로 만들고 싶어요."

왜소치가 있는 사람 중에는 자신의 가쪽 앞니가 조금 작다는 사실을 인지하지 못하고 있는 이가 있는 반면, 이 작은 치아가 평생의 콤플렉스였다고 하는 이도 있다. 윗니와 아랫니의 크기 간에는 보편적인 비율이 존재하는데, 치아 하나가 유독 작아지면서 이 비율이 깨지기도 한다. 이 경우 중요한 치아인 송곳니의 위치를 잡기가 애매해지는데, 가쪽 앞니 공간을 벌리는 교정을 하고 난 후 크기에 맞게 보철을 해주면 보다 더 심미적인 결과를 얻을 수 있다.

콤플렉스가 무의식 안에 자리잡으면 행동이나 지각에 영향을 미친다. 상대방이 보았을 때는 별것 아닌 것처럼 보여도 자신에게는 그것이 콤플렉스라면 상대방의 의식적이지 않은 행동에도 의미를 부여한다. 가령 치아에 콤플렉스가 있는 경우 얼굴을 본 것인데, 치아를 보고 있다고 생각하고 치아를 가리느라 크게 웃지 못한다. 부자연스러운 연상으로 인해 현실 행동에 제약이 따르는 것이다. 그 제약은 스스로 만든 구속이다. 콤플렉스 극복 방법을 주변에서 많이 들을 수 있는데, 콤플렉스 대상이 수정이 가능하다면 수정을 통해 극복하거나 수정이 쉽지 않다면 있는 그대로 받아들이는 것도 하나의 방법이다. 한 템포 쉬면서 들여다보고, 인정하고, 사랑하고, 연민을 느끼면 스스로에게 덜 가혹해질 수 있다. 사실 사람들은 생각보다 다른 사람에게 관심이 없다.

사회에서도 겉도는 듯한 느낌이 든다면 자신을 탓하

기 이전에 자신을 잘 들여다보고 강점을 찾아서 필요한 곳에 퍼즐을 맞추듯 끼워보면 된다. 무리 속에서는 자연스럽게 역할이 나뉜다. 무리를 이끄는 리더가 있는가 하면 순응하면서 조화를 꾀하는 부류가 있다. 각자의 강점에 따라 이익이 분배되는 시스템이다. 매력적인 조연으로 인해 더 빛이 나는 영화도 있지 않은가. 조력자도 사회에 꼭 필요한 구성원임에는 틀림없으므로 드러나는 것에 자신이 없다면 가쪽 앞니와 같은 조력의 전략으로 살아가는 것도 나쁘지 않다. 드러나는 것을 꺼리는 내향형의 전략과 잘 맞아떨어진다.

주연인 듯 조연인 듯 시작한 나의 학교생활

"그럼 우리 과가 건축학과, 건축공학과와 가장 구별되는 차이점은 무엇인가요?"

지금은 실내건축학과로 명칭이 바뀐 주거환경학 수업시간에 누군가가 손을 들고 질문했다. 학과의 정체성에 대해 묻는 질문이었다. 주거환경학과는 생활과학대학 소속으로 인간을 중심으로 인간과 제반 환경(의류, 주거, 아동가족, 식품영양, 생활디자인)을 바라보는 것이 기본 슬로건이었다.

주거환경학과가 건축학과나 건축공학과와 다른 점이 있다면 방향성이었다. 커다란 덩어리에서 시작해서 구획을 나누며 점점 안으로 파고드는 것이 아니라 인간을 중심에 두고 거기서부터 바깥으로 확장하는 방식이었다. 덕분에 인간을 중심에 두고 사고하는 훈련을 할 수 있었다. 이는 여러모로 도움이 되었는데, 특히 사고의 방향을 정할 때 요긴했다. 한 분야에 몰두하다보면 무엇이 중요한지 숲을 보지 못하게 되는데, 그때마다 숲을 볼 수 있게 해주었다. 따지고 보면 인간과 관련되지 않은 제반 환경은 없기 때문이다.

치과에서도 한정된 치아 하나만 볼 것이 아니라 그 치아를 사용하게 될 사람을 함께 보는 것과 같은 이치다. 나는 당시 신설된 지 얼마 되지 않은 생활디자인학과 평상시 관심 있었던 주거환경학을 이중 전공했다. 관심 분야가 다양했고 어느 것 하나 놓치고 싶지 않았기 때문이다. 학부제였기 때문에 원하는 전공 선택이 가능했다.

첫번째 대학에서의 공부방식은 고등학교 때와는 매우 달랐다. 발표 수업 위주인 과목도 있었고 과제 중심인 과목도 있었다. 공부하는 내용도 이론과 실무가 섞여 있었는데, 평소에 관심이 많았던 분야여서 공부가 너무 재미있었다. 이것이 바로 내 길이구나 싶었다. 듣고 싶은 과목들이 교양보다는 전공에 집중되어 있어서 결국에는 이중 전공을 하게 되었다.

실습 과목은 과제가 많기 때문에 한 학기에 하나 정도가 적당하다고 했지만 욕심이 과했던 나머지 어떤 학기는 실습을 네 개나 신청하고 매일 밤을 새면서 과제를 했다. 그래도 그 생활이 힘든 줄 몰랐다. 지금 생각해보면 혼자 집중하면서 성취감 자체를 즐겼던 것 같다. 실습이 어려운 이유는 해야 할 일이 많아서였다기보다 매 과제마다 새로운 무언가를 창작해야 했기 때문이다. 그 많은 실습을 소화하려면 한 주 단위로 일정한 루틴이 필요했다. 한 학기 내내 그 루틴을 이어가려면 꾸준함이 필요했고 꾸준함은 나의 재능이었다. 일단 콘셉트와 방향이 정해지면 밤새도록 끝내기만 하면 되는데, 정작 창작을 해야 하는 시간 동안에는 머리에 쥐가 나는 느낌이었다. 그래도 그 과정은 고통이라기보다 생활의 일부였다. 버스를 타는 것과 같은 일상에서도 무언가를 늘 골똘히 생각할 수 있어서 좋았다. 내향인은 기본적으로 창의적이며 계획적이고 독립적인 장점이 있고 혼자 하는 활동에서 기쁨을 찾는다고 하던데, 내 경우가 딱 그랬다.

실습이 대개 혼자만의 싸움이었다면 프레젠테이션은 또다른 문제였다. 누구에게나 처음은 어려울 수 있겠지만 내향인이 여러 사람 앞에서 발표하는 일은 크나큰 도전이었다. 작은 목소리는 아무리 힘을 주어 외쳐도 성량이 커지지 않았고 어색한 소리만 새어나왔다. 크게 내려고 하면 할수록 염소소리가 났다. 목소리까지 왜 이 모양인지 억울하기 짝이 없었다. 크게 내고 싶다고 낼 수 있는 것이 아니었다.

하지만 발표를 거듭할수록 사회적 가면을 쓰는 요령을 터득하게 되었다. 어차피 거의 모든 수업에 발표가 있었고 마이크를 쓰면서부터 작은 성량은 큰 문제가 되지 않았다. 눈을 마주치는 것조차 어려웠지만 발표 때만은 화면과 뒤쪽 벽을 번갈아가며 응시해도 그럴듯해 보인다는 것을 알게 되었다. 그러다 어느 순간 거짓말처럼 발표가 익숙해지기 시작했다. 초반에는 발표 수업을 피하려고만 했는데, 언제부터인가 학기 중에 한 번만 발표 준비를 하면 나머지 시간은 편하게 다닐 수 있다는 사실을 깨닫고는 찾아서 듣게 되었다. 그러다 문득 이런 생각이

들었다. '어쩌면 내가 알고 있는 만큼 나는 내성적이지 않은 것이 아닐까? 시도해보지 않았기 때문에 어렵다고 생각했던 것이 아닐까?'

훈련을 통해 어느 정도 사회성을 습득할 수 있는 것은 맞는 것 같다. 하지만 훈련으로 근본적인 성향이 달라지는 것은 아닌 것 같다. 나름 즐거웠다고 생각했던 친구들과의 모임이 끝나고 녹초가 되어 있는 나를 보면서 알게 되었다. 억지로 사회적인 웃음을 지어야 했던 그 자리에서 진이 다 빠졌다. 모임에 빠짐없이 참석하고 즐기는 사람들이 대단해 보였다. 보통 수다 타임이 힐링 타임이라고 하던데, 나는 전혀 그렇지 않았다. 같이 앉아 있지만 끼어들 수 없는 영역이라는 확신만 더 생길 뿐이었다. 내가 이런데 그들도 느끼고 있지 않을까 하는 염려와 함께 있는 힘껏 나의 에너지를 쏟아서 끝까지 참석하고 나면 그 이후로는 방전이었다. 사회 부적응자가 아니라고 스스로에게 증명하고 싶었지만 오히려 증명을 당한 셈이었다. 그것이 나를 더 움츠러들게 만들었다.

대학교 캠퍼스는 광활했다. 그 광활함이 나쁘지 않았다. 보통 전공 수업은 주로 한곳에서 듣지만 교양은 달랐다. 처음 가보는 건물로 찾아가서 수업을 들어야 했다.

그래서 개인플레이가 가능했다. 학생 식당에서도 혼자 밥 먹는 사람들을 많이 볼 수 있었다. 친구들과 모여서 식사를 하는 경우도 있었으나 각자 듣는 수업이 다르면 시간 맞춰 만나는 것도 일이었다. 혼자 다니는 것이 아무렇지도 않은 생활이었다. 그것이 참 마음에 들었다.

　학부제였기 때문에 한 해 입학생이 굉장히 많았다. 같이 다니는 친구들은 이름순으로 나와 비슷한 뒤쪽 성을 가진 친구들이었고 입학 동기들이었지만 졸업할 때까지 한 번도 마주치지 않고 모르고 지내는 경우도 많았다. 동기들이 짜인 수업 커리큘럼에 맞추어 한곳에 모여 수업을 듣는 치대와는 달리 자율성과 익명성이 보장되는 그런 대학생활이었다. 자율성이 보장되었기 때문에 상대적으로 소속감은 조금 떨어졌다.

　그래서 그 소속감 때문에라도 동아리에 많이 가입했다. 내향인이 소속감을 위해 또다시 낯선 환경으로 제 발로 걸어들어가는 것도 참 아이러니했다. 그래도 무언가 의도적인 노력이라도 필요할 것 같아 기웃거리던 과방이나 동아리방에서의 시간도 어쩌면 낭만보다는 의무감에 더 가까웠다. 공강시간에 일부러 동아리방에 가 있겠다는 계획을 세우기도 하고 자꾸 가다보면 얼굴이라도 익히겠지 하면서 꾸역꾸역 참석했던 모임에서의 어색한 공기가 좀처럼 익숙해지지 않았다. 그래서였는지 어느 순간 의미 없다고 생각하고 발길을 끊었다. 취업의 압박이 그곳에까지 쓸 에너지를 허락하지 않았다.

그렇게 나는 제 발로 찾은 낯선 환경의 들러리생활을 청산하고 내 자리에서 묵묵히 학교생활을 즐겼다. 멋진 조력자에서 진정한 주인공이 되기 위해…….

무시무시한 공포의 장소는 나의 일터

날마다 치아의 안부를 묻고 있는 지금 이곳은 다시 또 신촌이다. 반갑기도 하고 운명인가 싶기도 하다. 단순한 지명이 아닌 추억과 아련함이 뒤엉켜 있는 상징적인 의미가 함축되어 있는 곳, 내 모든 열정을 바쳐도 되겠구나 싶은 생각이 들게끔 만드는 곳. 나에게는 신촌이 그런 곳인 것 같다. 등록금을 내고 다닌 기간만 근 10년이다. 집으로 바로 가는 버스가 많아서였는지 서울 어딘가에 있어도 신촌에만 도착하면 벌써 집에 온 듯 편안했다. 몇 번의 졸업, 그때마다 안녕이라고 생각했는데, 어떻게든 자석처럼 끌려오곤 했다. 그리고 결국에는 안착했다.

신촌과 얽힌 추억, 그리고 그것이 주는 아련함에는 특별한 설명이 필요 없었다. 그래서인지 오래된 건물들도 정감이 있다. 모두가 신축을 선호한다고 하지만 이곳에서는 신축이 드물고 그 때문에 아직도 아날로그 감성이 살아 있는 듯하다. 그러나 그 안은 역동적으로 바뀌어서 이전 모습은 찾아볼 수 없다. 거리를 걷다보면 예전에 유행했던 옷을 입은 학생들이 눈에 띄는데, 그때마다 혼자 피식 웃는다. 이렇게 아름다운 거리에, 또 누군가의 추억 속에 남아 있게 될 거리에 존재할 수 있음에 감사하다.

그 거리에 위치한, 내가 대부분의 시간을 보내는 곳은 치과다. 대체적으로 '치과'에 대한 이미지는 공포다. 생각해보면 치과는 대부분 공포의 장소로 묘사되었다. 공간 환경과 인간의 행동관계를 연구하는 환경심리 이론에 입각하면 치과는 그럴 수밖에 없다. 치과라는 공간 자체가 부정적인 공간으로 인식되는 요인은 먼저 환자들이 통증이라는 기본적인 스트레스를 안고 내원하기 때문에 이미 스트레스에 대한 통제력이 줄어든 상태다. 또한 진료실에서 들리는 소음도 통제하기 힘든 상황이다. 통제 불능의 공간은 공포감을 가중한다.

둘째, 과거의 부정적인 경험에 대한 기억 때문이다.

특히 주삿바늘이나 귀 가까이에서 들리는 기계음은 한층 치과를 더 공포스럽게 만든다. 게다가 치과에서 나는 특유의 냄새도 한몫한다. 기억에 가장 오래 남는 자극이 후각이기 때문이다.

셋째, 낯선 공간에서 낯선 사람에게 당하는 개인 공간의 침범 때문이다. 개인 공간은 눈에 보이지 않는 경계가 존재하는 영역인데, 치료하려면 가장 친밀한 연인이나 가족에게만 허용되는 0센티미터에서 46센티미터에 해당하는 친밀한 거리를 침범할 수밖에 없다. 그것도 움직이는 무서운 체어에 앉아 눈이 가려진 채 모든 감각이 소리에 집중된 상태에서 말이다.

이처럼 치과는 무시무시한 곳이지만 나는 아이러니하게 비교적 조용한 일상을 보내고 있다. 아이들을 학교에 보낸 후 느지막이 출근하고 셔터를 올린다. 아이가 셋이기 때문에 이것저것 봐주고 챙겨야 할 것이 많다. 우리 치과는 오후에 문을 열기 때문에 할일을 다 하고 출근해도 도착하면 아직 아무도 출근하지 않은 오전 시간이다. 기공물 확인하고 난방이나 에어컨을 틀고 불을 켜고 엑스레이 스위치를 올려둔다. 진료실에 음악을 틀고 믹스커피를 타고 책상 위의 진단 자료를 살펴보고 사진 정리를 하는 것으로 치과에서의 하루를 시작한다. 창밖에는 나무가 우거져서 도시임에도 불구하고 사계절의 변화를 만끽할 수 있다. 하지만 그 나무 때문에 정작 간판이 가려서 보이지 않는다. 1년 중 낙엽이 모두 떨어진 한겨울인 3, 4개월 정도만 반짝 간판이 보일 뿐이다. 그래도 창밖으로 보이는 그 푸르름이 정말 좋다.

처음부터 창밖이 환하게 보였던 것은 아니다. 진료실은 칸으로 막혀 있는 닫힌 공간이었다. 낮은 천장고에 개방감이 없어 답답한 느낌이었고 동선도 효율적이지 못했다. 그리하여 리모델링을 진행하기로 했다. 그런데 현시점에서 시간과 비용을 투자하여 리모델링을 계획하는 것이 옳은 것인지 고민하던 나에게 인테리어 실장은 장점을 나열하거나 설득하는 대신 짧고 간결한 한마디만 했다.

"그냥 다른 공간이 되는 겁니다."

분명 같은 공간인데, 전혀 다른 새로운 공간으로 변신하는 마법과 같은 일이 나에게도 일어났다. 분명 같은 나인데 예전보다는 훨씬 마음이 편해지는 마법과 같은 변화였다. 알 듯 말 듯했던 의문이 풀렸던 그 순간을 잊을 수 없다. 천천히 단계적으로 일어난 것이 아니라 진짜 마법처럼 단번에 짠 하고 일어났다. 내가 단번에 편안해질 수 있었던 것은 지금의 내가 이상한 사람이 아님을 알게 된 순간부터였다. 타고나기를 내향형으로 타고났을 뿐 상처받은 어린 자아는 근본 원인이 아니었던 것이다. 단지 여러 가지 감각에 좀더 예민했을 뿐이고 한정된 에너지 내에서 그것을 처리해야 했던 나의 내향형 성향에 기인한 것이었다. 문제는 내가 어린 자아를 해결책으로 여겼던 데 있었다. 어린 자아를 보듬어주고 이해하면 나비효과처럼 현재의 문제가 다 해결될 줄 알았다. 그런데 그런 일은 일어나지 않았다. 당연하다. 내가 느꼈던 불협화음 같은 이질감의 원인은 다른 곳에 있었다. 어린 자아를 살피는 행위는 나 자신을 좀더 깊게 알아가기 위한 여정이었을 뿐이고, 어떻게 보면 수많은 인생의 파편 속에 지나가는 에피소드 중 하나였을 뿐이다.

그 사실을 알게 된 순간 나의 어린 자아도, 현재의 성인 자아도 더이상 아프지 않게 되었다. 분명 조금 전까지 전전긍긍했던 나인데, 아파서 치유가 필요하다고 생각했는데, 사실은 처음부터 아팠던 적이 전혀 없었다는 새로운 확진을 받은 셈이었다. 그것은 마법이었다. 내가 내 자신에게 내렸던 진단이 오진임이 밝혀진 순간이었다.

어떻게 보면 오류를 발견한 것이었지만 그것으로 인해 내가 다시 살아나게 되었다. 숨통이 트이기 시작했다.

매일 아침 출근은 회색빛 차가운 셔터를 들어올리는 것에서 시작된다. 셔터는 요란한 소리를 내며 일차적으로 치과의 고요한 적막을 깬다. 그후 천장에서 흘러나오는 음악을 틀면서 이차적으로 고요한 적막에 색을 입힌다. 원장실에서 진료실로 걸어나가는 짧은 복도에서 정면을 바라보면 푸르름에 흐드러진 나무들의 잔상이 느린 흔들림으로 나부낀다. 더러는 제자리에서 반짝이기도 하고 더러는 온몸으로 창을 두드린다. 음악을 틀기 전까지는 무성영화의 한 장면처럼 유리벽을 사이에 둔 이질적인 존재처럼 보이기도 한다. 분명 도로의 자동차 소리는 들리는데, 나무들의 소리 없는 모션이 고요한 진공 속 같은 착각을 불러일으킨다. 그러다가 배경음악이 켜지기 시작하면 나무들의 생기 있고 은은한 합창이 시작된다. 값없이 누리는 빛은 무대의 조명이요, 자동차의 경적은 효과음이다. 푸르른 나무들의 무대를 매일같이 즐길 수 있는 나는 행운아다. 비록 치과의 간판을 가릴지언정 녹색의 기운을 뿜어내는 귀여운 활력소를 어찌 미워할 수 있으랴. 딱 요즘만 같으면 좋겠다. 정말 행복하다. 치과 창문으로 비치는 따듯한 햇살에 미소가 번지고 집에 가면 셋째의 해맑은 웃음에 또 미소가 번진다. 이 정도면 족하다.

치아의 보디가드
송곳니

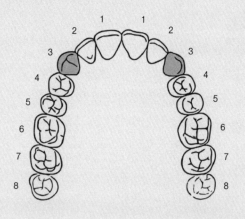

송곳니(견치)

가장 길고 송곳처럼 생긴 치아로 음식을 물어뜯는 역
할을 한다.

"저, 송곳니가 너무 뾰족하게 생긴 것 같은데, 좀 반듯하게 갈아낼 수 없을까요?"

송곳니의 기능을 잘 모를 경우 이런 질문을 많이 한다.

송곳니는 뾰족하기 때문에 송곳니다. 굉장히 길고 뾰족하게 생겨 음식을 찢고 물어뜯는 역할을 한다. 그뿐 아니라 길고 튼튼하여 다른 치아를 보호해주는 역할도 한다. 송곳니는 턱이 옆으로 움직이는 측방운동을 할 때 걸리면서 어금니를 띄워준다. 어금니가 계속 갈리지 않도록 보호하는 것이다. 건물로 치면 일종의 기둥 같은 핵심 역할을 하는 매우 중요한 치아다. 치열궁dental arch은 알파벳 U자와 비슷한데, 앞니 쪽은 가로 방향에 가깝게, 작은어금니부터 큰어금니는 세로 방향에 가깝게 배열된다고 할 때 송곳니는 그 두 선이 만나는 모서리 부분에 있어 위치적으로 전략적 요충지라고 할 수 있다. 측방으로 움직이는 턱의 움직임에서 가이드 역할을 하면서 씹는 역할을 담당하는 중요한 치아인 어금니를 보호해주는 보안원 같다.

대부분 치아가 앞니부터 순서대로 나온다고 생각하지만 그렇지 않다. 송곳니는 작은어금니가 나온 후에 나오는데, 자리가 부족하여 덧니로 나오는 경우가 많다.

"그럼 덧니로 나온 이 송곳니를 빼버리면 간단하겠네요."

모르는 소리다. 송곳니는 중요한 치아 중 하나이기 때문에 웬만하면 살리는 계획을 세운다. 앞니와 다르게 모양이 뾰족하여 드라큘라처럼 보여도 그 다름에는 이유가 있다. 사실 겉에서 보는 것과는 다르게 보이지 않는 뿌리 부분은 송곳니가 가장 길고 튼튼하다. X-ray 사진을 찍어보면 비로소 그 존재감이 드러난다.

그런 송곳니에게 조금 잘못 서 있다고 나가라고 하는 건 어불성설이다. 역할이 분명하고 튼튼한 송곳니는 드러나지 않아도, 알아주지 않아도 제 역할을 충실히 수행한다. 말뚝 같은 힘을 발휘하여 보이지 않는 곳에서 우직하게 힘에 저항하며 묵묵히 어금니를 보호해준다. 그 우직함이 내향인의 무기인 '엉덩이 힘'과 좀 닮은 듯하다.

엉덩이의 힘은 나의 에너지

"여러분이 나중에 디지털로만 작업을 하게 되더라도 손으로 직접 도면을 그리는 방법도 반드시 알고 있어야 합니다."

제도시간이었다. 도면을 그리는 프로그램 캐드는 방학 동안에 학원을 다니면서 익혀두었지만 손으로 그리는 제도는 처음이었다. 제도를 하려면 제도판이 있어야 한다. 가로로 고정된 I자가 달린 책상이다. 그 I자는 위아래 방향으로 부드럽게 움직인다. 왼쪽에서 오른쪽으로 가로선을 그리는 용도다. 고정된 I자가 없을 때는 T자를 사용하기도 한다. 세로선은 우리가 일반적으로 그리는 위에서 아래 방향이 아닌 아래에서 위 방향으로 그린다. 가로 바에 삼각자를 대고 몸을 살짝 틀어서 부드럽게 올려 그린다.

첫 시간에는 선 긋기만 하는데, 그 선이 굉장히 중요하다. 마치 현실세계에 존재하지 않는 선처럼 두께, 진하기, 광택 등이 처음부터 끝까지 일정해야 한다. 트레이싱페이퍼가 찢어지기 바로 직전의 강도로 강하게 직각으로 누르면서 그려주면 진하고 가늘면서 균일한 선이 그려진다. 이때 가장 중요한 것은 트레이싱페이퍼가 절대로 뚫려서는 안 된다는 점이다. 제도용 샤프를 쥔 채 천천히 한쪽으로 굴리면서 샤프심의 한 부분만 닳지 않도록 조절해야 하고 선의 마지막 지점에서도 흐려지지 않도록 굴리던 방향에서 살짝 반대 방향으로 굴려주면서 마무리해야 한다.

한동안 연습하다보니 샤프를 굴리는 동작이 습관이 되어 지금까지도 선을 그을 때 그 동작이 자연스럽게 배어난다. 바스락거리는 트레이싱페이퍼를 마스킹테이프로 고정하고 샤프로 선을 그을 때 들리는 샤프심 갈리는 소리가 정말 좋다. 고운 흑연이 트레이싱페이퍼에 제대로 박히면 표면에서 반짝거리는 광택이 존재감을 드러낸다. 그 존재감은 도면을 완성하고 나서 트레이싱페이퍼를 들어올렸을 때 형광등 불빛 아래에서도 드러난다. 손에 묻지 않게 흑연 가루를 솔로 살살 쓸어주거나 후 불어 투명한 트레이싱페이퍼를 소중히 다룬다. 만에 하나 힘 조절을 잘못하여 뚫리면 마음도 같이 찢어진다. 처음부터 다시 그려야 될지도 모른다. 제도실에서는 모두가 예민하다. 속도가 느린 학생은 속도가 빠른 학생을 따라잡기 바쁘고 좁은 제도 책상 사이를 지나가다 다른 사람의 작업을 살짝 건드리기라도 하면 짜증 섞인 한숨이 들려온다. 그날 끝내지 못한 분량과 다음 시간까지 해와야 할 과제까지 생각하면 제 시간 안에 끝내는 것이 가장 좋다.

손으로 하는 모든 작업은 너무나 소중했다. 마치 몸

이 기억할 수 있도록 어떤 회로를 새기는 과정 같았다. 비록 시간이 지나 사용하지 않게 될 스킬이라 하더라도 상관없었다. 그냥 그 과정 자체가 좋았다. 그림을 그리거나 무엇을 만드는 일에 몰두했다. 무언가 만드는 동안에는 누군가와 상호작용할 필요가 없었다. 혼자 온전히 에너지를 쏟고 즐길 수 있었다. 그래서 무언가에 집중하는 것이 가장 큰 재능이 되었다. 누군가에게 다가가기 힘들었기 때문에 어쩌다 다가오는 사람이 매우 소중했다. 다가오게 하려면 내가 모가 나지 않아야 했다. 그렇다고 너무 조용하기만 하면 존재감이 없기 마련이다. 선인장이 사막에서 살아갈 방안을 강구하듯이 내가 찾은 방법은 무엇이든 열심히 하는 것이었다. 진득하니 엉덩이에 힘을 빡 주고 앉아 무엇이든 잘하는 모습을 보이면 자석처럼 누군가를 끌어올 수 있으리라 생각했다.

그러려면 내실을 다져야 한다. 그렇게 내향인의 에너지 방향은 내부로 향한다. 계획을 세우고, 시간 안배를 하고, 집중력을 발휘하여 실행하는 과정에서 성취감을 느끼고, 사람과의 상호작용에 많은 에너지를 쏟아붓지 않는다. 혼자 하는 일에는 즐거움을 느끼지만 집단에 소속되어 있을 때는 거의 나서지 않는다. 혼자 있어도 할 일이 너무 많아 외로움을 느낄 새가 없다. 혼자서 조용히 주어진 일에 몰두하면서 내부의 에너지를 채우고 성취감을 느낀다.

사람들과 부대끼는 일에 자신이 없었다. "침묵은 금이다" "가만히 있으면 중간은 간다"라는 말이 생활의 신조였다. 모임을 주도하는 사람들을 부러운 시선으로 바라보면서 도대체 나에게 없는 무엇이 있기에 저들은 다른 사람들의 인기를 한 몸에 받는 것일까 궁금했다. 즐겁지 않은 것이 아니고 끼고 싶지 않은 것이 아닌데 단지 끼어들 타이밍과 적절한 표현을 몰랐던 것이다. 이것도 열심히 연습하면 되는 것인 줄 알고 말할 거리를 찾기 위해 『최불암 시리즈』 책을 사서 보았던 기억이 난다.

'나만 왜 이럴까'에 대한 자책은 '그래도 나는 괜찮은 사람이야'를 증명이라도 하려는 듯 계속해서 방향을 틀어 안으로 안으로 에너지를 표출했다. 그때까지만 해도 '나는 괜찮은 사람이야'는 일종의 자기암시였다. 사실은 괜찮지 않았지만 괜찮다고 해야 덜 억울할 것 같아서였다. 진짜 괜찮다는 것을 그때 미리 알았더라면 내가 좀더 빨리 편해지지 않았을까 하는 생각을 해본다.

아날로그와 디지털

갑자기 많은 것이 변했다. 당연한 듯 누리고 살았던 것, 숨쉬고 만나고 돌아다녔던 모든 일상이 거짓말처럼 사라졌다. 변화는 늘 존재했지만 이렇게 갑작스러운 불가항력적 통제는 영화에서만 보았다. 모두 조용한 듯 예민하며 살얼음판을 걷는 위태로움 속에서 세상의 눈치를 살피며 변화에 예의주시하고 있다. 가랑비에 옷 젖듯 일어나는 변화에만 익숙했던 터라 이렇게 갑작스러운 변화가 낯설기만 하다.

그럼에도 불구하고 카멜레온처럼 재빨리 적응하는 사람들을 보고 있자니 인간은 참 영민한 동물이라는 생각이 든다. 사회적 거리두기에 따른 새로운 적응방식이 생겨나고 있는데, 그 적응의 일환으로 자의든 타의든 재택근무가 늘어나고 있다. 문서의 디지털화가 장소의 제약을 없애준 것이다. 회의도 화상으로 할 수 있고 문서도 주고받을 수 있으니 이제는 장소가 크게 문제되지 않는다. 미심쩍어하던 기업들도 본격적으로 재택근무를 하기 시작했다. 상황이 이렇다보니 재택근무가 가능한 무형의 서비스를 제공하는 직장에 다니는 사람들이 부러웠다.

유형의 서비스를 제공하는 곳 중에 지점 방문이 반드시 필요한 곳은 재택근무가 그림의 떡이다. 치과도 그런 곳 중 하나다. 어찌되었건 내원해야 치료를 받을 수 있기 때문이다. 치과 치료의 모든 과정은 마치 세상에 하나밖에 없는 예술작품을 만드는 일에 비유할 수 있다. 디지털 세상에서의 고집스러운 장인 같은 느낌이다. 굳이 분류하면 아날로그에 가깝다. 다른 분야에서와 마찬가지로 디지털 기술을 중간중간 도입하고 있지만 그 시작과 끝은 기계가 대신해줄 수 없다. 구강 스캐너를 이용하여 디지털 본을 뜨고 실물 본 없이 파일만 보내 모형을 만들거나 보철 및 장치를 제작하기도 한다. 3D 프린트 기술도 나날이 발전해가고 있고 연구도 활발히 진행되고 있다. 미래에는 어찌될지 모르겠지만 아직까지는 보조적 수단인 셈이다. 환자와 직접 만나는 접점의 순간에는 반드시 사람이 있어야 하기 때문이다.

요즘은 디지털과 아날로그의 경계가 점점 모호해지고 있다. 어디서나 접속 가능한 정보통신 환경을 뜻하는 유비쿼터스라는 용어에서 알 수 있듯이 현실세계와 가상세계는 점점 융합하면서 공존하고 있다. 마치 둥근 지구와 같이 한정된 물리적 공간에서 뜻하지 않게 미지의 세계로 가는 차원의 문을 발견한 것처럼 판타지에서나 볼 법한 일들이 점점 구체화되고 있다. 우리는 너무 빠르게 변하는 세상에서 무너지고 있는 경계를 직접 체험하며 살고 있다.

'아니 이런 최첨단시대에 아트 앤드 크래프트 같은 작업들이라니…… 너무 좋잖아.'

치아를 수복할 때 쓰이는 보철물 제작과정을 처음 배웠을 때 전에 몰랐던 제작과정의 비밀을 처음 알게 된 순간은 기술과 예술의 접목 그 자체였다. 그것도 그냥 일반적인 작업이 아니라 전문 장인의 개인 맞춤 수공예 예술이라고 표현하고 싶다. 아이러니하게도 이 수공예 같은 과정은 여러 연구에 기반한 근거 중심의 과정이었다. 의학은 다른 분야와 달리 새로운 시도에 매우 보수적이다. 새로운 것의 도입에 대한 근거, 즉 근거 중심이 있어야 하고 그 과정은 매우 길고 복잡하다. 가령 입안의 모형을 만들기 위해 인상을 뜨는 재료와 디지털 스캔의 오차를 연구하여 비교 분석한다. 주조를 통해 제작한 보철물과 3D 프린터의 적층 기술, 밀링의 절삭과정 등의 적합성 차이, 제작과정에서의 오차 등 모든 것이 연구 대상이다.

예전에 들었던 제도 수업처럼 치대 수업의 커리큘럼에는 적어도 학교에서만큼은 치과의 보철이나 장치를 처음부터 끝까지 직접 제작해보는 과정이 포함되어 있다. 기공소에서 제작하더라도 과정을 알아야 의사소통이 쉽기 때문이다. 보철이나 장치의 제작과정은 일일이 사람 손을 거쳐야 하는 그야말로 수공예다. 치아는 모두 다르고 보철의 적합성은 매우 중요하기 때문에 각 과정에서 오차를 줄이려는 다양한 기법이 발달했다.

또 치아는 심미성도 중요하므로 색상이나 물리적 성질뿐 아니라 빛의 투과성 같은 시각적인 부분도 고려해야 한다. 재료적 특성에 따른 수축, 팽창, 강도 등 고려해야 할 요소가 너무 많다. 그야말로 손이 가지 않는 구석이 없다. 문득 공산품의 자동화 시스템에 싫증을 느껴 19세기 후반 영국의 윌리엄 모리스를 중심으로 일어났던 공예 개량 운동인 아트 앤드 크래프트 운동이 생각났다.

손에 느껴지는 모든 재료의 느낌이 정말 좋았다. 부드러운 석고 가루의 느낌과 석고가 굳기 시작했을 때 느껴지는 열감도 좋았다. 대개 본을 떠서 틀을 만들고 석고를 붓는데 치아 형태를 공부하는 시간인 치아형태학 시간에는 반대로 네모난 석고 덩어리에서 시작하여 조각하듯 깍으면서 형태를 만들어나간다. 단단하다면 단단하다고 할 수 있는 재료를 조각할 때 들리는 사각사각 소리를 들으며 표면에 묻어 있는 석고 가루를 호호 불었다. 마지막에는 디테일을 표현하기 위해 해부학적 지식을 총동원해야 했다. 하지만 디테일의 완성은 고운 사포질이었다. 굉장히 가는 사포로 사포질을 하면 석고에도 광택이 날 수 있다는 것을 처음 알았다.

이렇게 한 치아가 끝나면 다른 치아를 또 시작해야 했다. 형태를 머리로만 익히는 것이 아니라 손을 이용하여 뇌리에 새기는 과정이었다. 손으로 하는 모든 작업은 바쁜 일상에서는 어쩌면 성가신 일일 수도 있지만 내가 좋아하는, 손으로 하는 작업을 계속할 수 있었던 그 공부가 나는 참 좋았다. 기포가 생기지 않게 석고를 붓는 기술, 궁금했던 금속의 주조과정, 틀니 제작과정, 와이어 접는 과정 등을 직접 손으로 하면서 나는 무언가를 손으로 만지면서 하는 일들을 정말 좋아하는구나를 다시 한번 깨달았다.

이처럼 손으로 직접 만지면서 촉감을 느낄 수 있는 물리적인 세계가 있는가 하면 예전 같으면 상상도 못했을 가상세계가 있다. 가상세계에서는 물리적인 세계에서 불가능했던 일이 가능하다. 어떻게 보면 현재의 힘든 상황이 디지털시대를 강제로 앞당긴 것 같다. 학교에서도, 회사에서도 화상회의가 일상이 되고 있지 않은가. 관심이 없어도 억지로라도 알아야 되는 상황이 오고야 말았다. 현대사회는 자기 피아르(PR)시대라고 한다. 면접에서든 어디서든 자신을 드러내야 한다고 말한다. 가만있으면 아무도 알아주지 않는다. 예전 같으면 자기 피아르를 위해 세일즈맨들이 정장을 쫙 빼입고 명함과 전단을 돌리며 발품을 팔았을 것이다. 하지만 시대가 바뀌었다. 요즘은 디지털 전단이 대세다.

"요즘은 SNS 안 하면 안 돼."

하지만 SNS는 왠지 부담스러웠다. 다른 사람 피드를 보면 어쩜 그리도 자신감 넘치는지 그 에너지가 부러우면서도 어색했다. 인터넷 계정을 만든 이유는 다른 사람들은 어떻게 지내는지 살펴보기 위함이었지 내가 어떻게 지내는지 알리기 위함은 아니었다. 처음 SNS가 등장했을 때 많은 사람이 자신을 드러내는 데 이렇게까지 열심일 것이라고는 생각지도 못했다. 아이디어는 좋았지만 한때 유행으로 끝날 줄 알았다. 그러나 내 생각은 완전히 빗나갔다. 이것도 내향형 성향에 따른 생각의 차이였을까? 지금은 SNS가 의심할 여지도 없는 대세 중의 대세로 완전히 자리잡았다.

어느 책에서 인간은 근본적으로 소통의 동물이라고 했다. SNS를 끝까지 배척하면서 고집을 부릴 일은 아닌 것 같았다. 실제 SNS에 얼굴이 나오면 신뢰가 높아진다는 이야기도 있고 대세가 그러하니 시작해보기로 했다. 어떻게 운영해야 좋을지는 모르겠지만 일단 시작이 반이라고 생각했다. 나의 망설임은 새로운 세계에 잘못 들어섰다가 낙인이라도 찍히면 어떻게 하나 하는 구시대적인 발상에서 기인한 것이었다.

하지만 괜한 걱정이었다. SNS는 각축의 장이었다. 날고 기는 사람들이 '좋아요'와 팔로어 수를 늘리려고 엄청난 퀄리티로 노력하는 거대한 바다였다. 여기서 나는 하나의 모래알에 지나지 않았다. 그래서 오히려 더 편했다. 그냥 아날로그 세상이 아닌 또다른 세상의 시민증을 갖고 살고 있는 그런 세상이었다. 개인에 따라서는 그 세상에서 완전히 다른 사람으로 살아가는 사람도 있다고 한다. 저마다 행복한 일상을 공유하는 곳, 말도 많고 탈도 많은 곳, 나도 한번 알아보고 싶은 곳, 그곳으로의 여행을 시작해보기로 했다.

재미있게 본 영화 중에 <레디 플레이어 원>이 있다. 스티븐 스필버그 감독의 영화로 현실세계와 대비되는 가상세계에 대한 이야기였는데, 굉장히 신선했다. 영화에서의 가상세계에도 사람들은 관계를 형성할 수 있었고 공간의 제약마저 없어 스케일이 크고 다이내믹했다. 새삼 그 영화가 생각났던 이유는 가상세계의 비중이 점점 커지고 있는 현재 상황이 그와 비슷한 것 같아서였다. 다른 점이 있다면 투영력과 공존력이지 않을까 싶다. 영화에서는 가상세계에 더 많은 비중을 두었지만 요즘의 SNS는 현실과 단절된 형태가 아니라 가상세계에 현실이 투영되면서 공존한다. 물론 각자의 캐릭터에 따라 투영력은 다르겠지만.

SNS를 하면서 느낀 것은 마치 새로운 가상세계를 구축하는 것 같다는 점이었다. 도시를 새로 건설하는 수준은 아니었지만 아무것도 없는 것에서 시작하는 막막함도 있었고 평소 내 생각이 드러나는 어떤 피드도 올리기를 꺼리는 나로서는 부담스러운 시작이었다. 그래서 아직까지도 글을 쓸 때마다 전체 공개를 선택하기 직전의 망설임이 있다. 태생부터 숨어 있고 싶어하는 욕구가 강한 사람인지라 무언가 내 삶과 생각을 출력해내는 것에 익숙하지 않다.

SNS의 본질은 소통이다. 소통이라는 단어는 어찌 보면 가장 쉬우면서도 어려운 일인 것 같다. 누군가에게는 소심함이 SNS의 걸림돌이 되고, 또 누군가에는 어렵고 복잡함, 귀찮음이 걸림돌이 된다. 그럼에도 불구하고 소통이라는 열린 창구에는 커다란 힘이 있는 것 같다. 지금 당장은 아니더라도 언제든지 열려 있는 소통의 창은 커다란 기회의 장이 될 수 있다. 어렵더라도 그런 창을 하나 마련해놓는 것은 의미 있는 일이고 그 방법에 대해 고심하는 것도 당연한 일이자 꼭 필요한 일이라고 본다. 아무것도 하지 않으면 아무 일도 일어나지 않는다. 어차피 오프라인 세상에서 숨을 만큼 숨어도 보았다.

내향인에게는 의외로 온라인 세상이 새로운 안식처가 될 수도 있다. 오프라인 세상 사람들과의 상호작용에서 에너지가 고갈되는 경우라면 온라인 세상에서는 고갈 없는 소통을 즐길 수도 있고, 잠깐 피하고 싶을 때는 노트북을 덮기만 하면 그만이다. 내향인이라고 해서 소통까지 부정하는 것은 아니다. 그저 소통에 어려움을 느끼는 것뿐이며 소통방식이 다를 뿐이다. 인간은 모두 기본적으로 사회적 동물이기 때문이다. 이럴 때는 자신이 잘할 수 있는 방식으로 취사선택하여 소통하면 된다.

사실 20세기 산업 성장의 영향으로 사람들이 내면보다는 외면에 치중하면서 외향형이 과도하게 강조된 측면이 있다. 외향형인 샐러리맨들이 내향형보다는 영업 성과가 더 나았을 것이고 오프라인 세상에서는 훨씬 돋보였을 것이다. 그 영향으로 외향형이 롤모델인 세상이 되었다.

하지만 시대가 점차 변하고 있다. 온라인으로 모든 업무 처리가 가능할 만큼 가상세계의 비중이 높아졌고 그로 인해 외면보다는 내면으로 어필해도 괜찮은 세상이 오게 되었다. 그런 면에서 SNS는 또다른 기회일 수 있다. 복잡하다고 해서 피하면 아무런 기회조차 오지 않을 수도 있다.

SNS로 인해 나는 멀리 떨어져 살고 있는 나의 오랜 인도네시아 친구와 연락이 닿을 수 있었고 실제로 서울에서 재회하기도 했다. SNS가 없었다면 상상도 못할 일이지 않은가. 확신이 없던 상태에서 수동적으로 시작한 SNS라도 있었기에 그나마 다행이었다. 수줍은 소통도 소통이지 싶었다. 자신의 다름을 인정하면서 다른 치아를 보호하는 송곳니처럼 남들과 똑같은 방식이 아닌 자기만의 방식으로 소통을 시도하되, 동시에 과도한 자극으로부터 자신을 보호할 수 있는 방법이 있다. 가상세계에서는 그것이 가능하다.

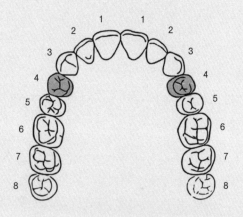

첫번째 작은어금니(제1소구치)

송곳니와 큰어금니 사이에 위치하면서 두 가지 기능을 보조해주는 역할을 한다.

첫번째 작은어금니는 송곳니 바로 뒤에 위치한다. 곁에서 보면 송곳니와 비슷하게 생겼지만 큰어금니처럼 음식을 씹을 수 있는 작은 테이블이 있다. 앞니의 역할이 음식을 자르고 끊어내는 것이라면 어금니부터는 음식을 씹고 으깨는 역할을 한다. 입을 다물었을 때 앞니는 가위처럼 포개져 있지만 작은어금니부터는 위아래가 서로 맞물린다. 작은어금니는 큰어금니를 보조하면서 음식물을 더 작은 크기로 분쇄해준다. 혀와 볼에 의해 음식물이 교합면 위에 놓이면 저작이 시작된다. 자동화된 컨베이어 벨트 위에서 각자 분업을 하고 있는 셈이다.

위턱의 첫번째 작은어금니는 다른 작은어금니들과는 다르게 뿌리가 두 개인 경우가 많다. 교정에서 작은어금니의 발치를 고려할 때 가장 많이 거론되는 치아이기도 하다. 어금니들 중에서 가장 앞쪽에 있기 때문에 작은어금니가 있는 자리는 삐뚤빼뚤한 앞니를 배열하기에도 좋고 남은 공간은 튀어나온 앞니를 후방으로 보내기에도 좋다.

"꼭 발치를 해야 하나요? 발치를 안 하면 안 되나요?"

흔히 듣는 질문이다. 의외로 발치는 좋지 않다고 생

각하는 사람들이 있다. 잇몸뼈가 작은데도 무리하게 비발치로 교정을 진행하면 치아가 뻗치면서 배열되는 경우가 있다. 발치 결정을 내릴 때는 발치로 인해 얻을 수 있는 효과가 발치 교정의 부작용보다 더 높을 때 한한다. 따라서 어떤 단면만 보고 무리하게 비발치라는 극단으로 치우치는 것은 좋지 않다.

자신의 생각과 판단이 항상 진리며 정답이라고 생각하면 심각한 오류에 빠질 수 있다. 자신의 생각은 자신만의 한정된 직간접적 경험에서 비롯되기 때문이다. 강한 신념이야말로 거짓보다 더 위험한 진리의 적이라고 하지 않는가. 한 유명 연예인도 "무식한 사람이 신념을 가지면 무섭다"라는 명언을 남겼다. 성장한다는 것은 날마다 자신이 스스로 만든 성을 정성껏 깨부수는 작업인 것 같다. 그 성은 그릇된 신념일 수도 있고 세상으로부터 자신을 분리하는 감옥일 수도 있다. 열심히 깨부수다보면 바깥세상이 그렇게까지 이질적이지 않다는 것을 알게 된다.

뜨겁기만 하다고 여겼던 햇살이 생각보다 온화하고, 무겁다고만 느껴졌던 공기가 민트 사탕처럼 가볍고 코가 뻥 뚫리도록 상쾌하게 다가오는 날이 온다.

마음을 전하는 소통

타이포그래피 수업시간이었다. 타이포그래피는 문자의 기호를 중심으로 한 이차원적인 표현을 일컫는 것으로 글자를 이용한 예술이다.

"아니야. 완전히 잘못 이해했어."

교수님 말씀에 과제를 보여주던 친구가 울상이 되었다. 그 민망함이 느껴져 나도 덩달아 얼굴이 화끈거렸다. 과제는 여러 개의 작은 칸이 그어져 있는 커다란 켄트지에 작은 칸을 가로축에 있는 도형과 세로축에 있는 문자의 기호적 특성을 합쳐 새로운 형태를 이루도록 칸칸을 그려서 채우는 것이었다. 새로운 형태의 창작에 대한 훈련이 이 과제의 목적이었고 우연에 의한 형태의 재발견을 유도한 것이었다. 이 수업에서는 문자도 도형이자 기호일 뿐이었다. 어떤 의미를 두지 않기로 하고 두 개의 형상이 합쳐진 결과물만을 요구했다.

하지만 친구는 떠오르는 의미에 더 집중하여 과제를 완성했다. 가령 어떤 가로줄이 있다면 친구에게 그것은 수평선이고 바다였다. 그 추상적인 쓸쓸함과 황망함은 공허로 표현되었고, 따라서 딱히 나타내고자 하는 어떤 형태 없이 그냥 표현할 수 있는 재료들을 이용하여 텍스

처와 색상으로 의미와 느낌을 전달하고자 했던 것이다. 설명을 듣고 나니 칸마다 칠해진 색과 느낌에 묘하게 설득되었다. 설령 교수님이 원하는 방향이 아니었을지라도 그것은 형태의 결합이 아닌 의미의 결합을 표현한 팔레트 같은 것이었다. 그날 과제로 디자인 형태를 다음 시간까지 디지털 파일로 재작업해야 했기에 친구는 그 과제를 처음부터 다시 해야 했지만 사고의 방향이 다양할 수 있음을 다시 한번 느꼈다.

하지만 창작 수업시간이었기 때문에 친구의 과제가 완전히 틀렸다고 단정지을 수는 없지 않았을까? 형태에 대한 해석이 조금 달랐던 것이 아닐까? 기호학에서도 상징으로 표시되는 기호는 본질적으로 다의적이라고 했다. 단지 송신자의 의미 작용이 수신자에게 동일하게 일어나지 않았던 것이다. 오히려 예술에서는 다의적인 해석이 직관적인 해석보다 더 생각할 거리를 주기도 한다. 발치에 대한 극단적인 거부감을 갖고 있는 사람의 그릇된 신념처럼 생각이 한쪽으로 치우치다보면 더이상의 의사소통은 어려워진다. 이와 같은 의사소통의 수단으로 여러 가지가 있을 수 있지만 가장 기본적인 것은 언어적 소통이다. 언어적 소통은 너무 섬세하고 복잡 미묘하여 사회문화적 공감 없이는 이해와 참여가 어렵다.

내향형의 나는 생각이 많아서 바로바로 대화에 끼어들기 힘들었다. 무언가 말을 하려고 하면 화제는 이미 다른 이야기로 넘어가 있었다. 자신 있게 요구사항을 이야기하는 것도 어색하고 부담스러웠다. 거북이처럼 숨어있는 것에만 익숙한 나머지 미용실이나 패스트푸드점에서조차 필요한 것을 잘 요구하지 못했다. "알아서 해주세요"라는 말을 가장 싫어한다는 것을 알고 있었지만 그 말만 간신히 할 수 있었다. 내뱉기 좋은 가장 짧은 말이었던 것이다.

그래서 주로 듣는 전략을 세웠다. 경청하는 것은 어렵지 않은 일이었고 잘할 수 있는 일이었다. 하지만 경청도 분명 소통의 방식이거늘 사회에서는 웅변을 더 강조했다. 모두 리더가 되어야 한다고 부추겼다. 그럴수록 나는 더 의기소침해졌다. 그래서인지 감정 표현에 매우 서툴렀다. 슬플 때 슬퍼하고 화날 때 화를 낼 줄도 알아야 하는데, 그런 감정을 건강하게 표현하는 방법조차 잊고 말았다. 착한 아이가 되어야 했고 착한 아이는 울지 않아야 했다. 태생적으로 눈물이 많았지만 그래서 더더욱 울어서는 안 되었다. 눈물이 자꾸 엉뚱한 상황에서 나왔기 때문이다. 울고 싶을 때는 <소공녀 세라>의 노래를 떠올리며 돌덩이 같은 침을 꿀꺽 삼켰다. 그때 읊조리던 가사는 지금까지 머리에 맴돈다.

"아아아 아아아 울고 싶지만 울지 않을래 울지 않을래 힘차게 살아야 해~"

화가 날 때도 그 순간만 참고 넘어가면 되는 줄 알았다. 그것이 역치를 넘어서기 시작하기 전까지는 그나마 괜찮았다. 그렇게 배출되지 못하고 천천히 쌓여가는 것인 줄은 정말 몰랐다.

나중에 건강한 감정 표현의 기술을 익히기 위해 유아기 단계의 감정 표출부터 다시 시작해야 했다. 모든 시작에 연습이 필요하듯 어색하고 어설픈 감정 표출에도 인위적인 연습이 필요했다. 가장 첫 단계가 감정 읽기였다. 지금의 어떤 상황이 슬픈 상황인지, 짜증나는 상황인지부터 정확히 구분하는 연습에 들어갔다. 너무 꽁꽁 닫아두기만 했더니 감정이 부르짖는 원시적인 소리조차 알아듣지 못했다. 그러고 나서는 건강하게 표출하는 과정을 연습했다. 아주 기초적인 감정을 표현하는 단어 나열부터 시작하여 하나하나 되짚어보는 과정을 거치고서야 비로소 마음의 양동이가 넘치지 않을 수 있었다. 알아

채고 표현하는 매우 단순한 알고리즘이었지만 너무 큰 외부 자극 앞에서는 표출되지 못하고 산사태에 매몰되듯 바로 묻혀버렸다. 선택해야 하는 순간이 온다면 그때만큼은 자기 자신을 선택해야 한다고 다짐했다. 그래야 살 수 있고 절대 이기적인 것이 아니라고 여러 번 되뇌었다.

가장 부담스러웠던 말하기 유형은 학교나 회사, 수련회 같은, 친하다면 친하다고 할 수 있는 사람들과의 소규모 모임에서의 말하기였다. 낯선 사람이나 아직은 덜 친밀한 사람들과 이야기하는 것이 오히려 마음이 더 편했다. 그와 같은 말하기가 부담스러웠던 것은 비단 성격 유형 때문만이 아니었다. 나에게는 약점이 하나 더 있었다. 어렸을 때 실제로 사람들이 하는 말을 잘 알아듣지 못하여 알아듣는 척했던 시기가 있었다. 그 기억 때문에 코끼리 다리의 밧줄처럼 성인이 되어도 말하기에 대한 부담이 트라우마로 남아 있었다.

아주 어렸을 때 아버지를 따라 미국에서 몇 년 생활한 적이 있었다. 그후 다시 한국에서 초등학교(당시 국민학교)를 다니기 시작했다. 유아기에 언어를 한창 습득하던 시기에는 영어를 주로 사용했고 초등학교 1학년 때는 다시 한국말을 시작해야 했다. 그때 사용하던 영어는 유아기 영어로 읽기와 쓰기에 전혀 도움이 되지 않는데다 한국에 오면서부터 급격히 기억에서 사라졌기 때문에 국내에서의 영어 공부에 그다지 도움이 되지 않았다. 언어를 제대로 습득할 새도 없이 곧바로 학교를 다녀야 했기 때문에 저학년 때 굉장히 격정적인 혼란의 시대를 살았다고 해도 지나친 말이 아니다.

일반 대화가 자연스럽게 들려야 언어이지 않은가. 그때는 매 순간 듣기 평가를 하듯 초집중을 하면서 알아들으려고 노력을 해도 쉽지 않았다. 아무것도 하지 않았지만 늘 모든 에너지가 고갈된 초긴장 상태로 스트레스 게이지가 최고조에 달했다. 내가 조용했던 이유 중 하나는 말하는 것을 알아듣지 못해서였던 것도 있었다. 알아듣는다는 의미에는 미묘한 뉘앙스의 파악까지 포함하는데, 재미있는 일이 있어도 다른 친구들이 모두 웃고 있을 때 나는 공감하지 못했다. 어떨 때는 나를 보고 웃는 것인가 싶을 때도 있어 항상 의기소침해 있었다. 그럴 때면 미국에서 조용했던 나를 리더십 있게 잘 이끌어주고 함께 어울려주었던 옆집 인도네시아 친구가 생각났다. 그녀는 예의바르고 외향적이었으며 사람들을 잘 끌어모으는 매력이 있었다. 나에게는 없는 능력이었다.

어린 나는 외로움을 느꼈지만 그것이 언어 때문인지, 문화 차이 때문인지, 성격 때문인지 도통 알지 못했다. '적응'이라 불리는 어쩔 수 없는 시간을 혼자 견뎌냈다. 한 학기를 다니고 다른 학교로 전학을 갔을 때 비로소 숨통이 조금 트였다. 나 말고도 외국에서 살다온 친구들이 꽤 있었던 것이다. 그곳에서는 내가 이상한 사람이 아니었다.

먼 훗날 한국에서 나의 오랜 인도네시아 친구와 다시 만났을 때 가족을 만난 듯 정말 기뻤다. 하지만 내향인의 표현은 그 기쁨을 모두 담아내지 못했다. 그래도 그 친구는 느꼈을 것이다. 예전처럼 말이 잘 통하지 않더라도 인연의 끈으로 연결된 듯한 바로 그 느낌을 말이다.

대체로 경청을 좋아하고 선택지가 있다면 무조건 듣는 쪽을 선택하는 편이지만 때로는 언어라는 무기를 장착하고 사자 굴에 직접 들어가야 할 때가 있다. 피하고 싶다고 피할 수 있는 것이 아닌, 반드시 겪어야 하는 과정인 바로 연구 발표날이다. 원형 구장 같은 높고 위협적인 의자에 둘러싸인 강당에서 홀로 사투를 벌여야 한다. 왠지 화가 잔뜩 난 듯한(내향인의 눈에 비친 모습) 청중들이 쉽게 통과시키지 않겠다는 결의로 뭉쳐서 퍼붓는 질문의 화살을 혼자 고스란히 맞아야 하는 곳이다. 프레젠테이션 리허설은 철저히 연습했지만 발표가 끝난 후의 질의시간은 미리 대비할 수가 없다. 하루 전부터 소화가 안 되고 잠도 오지 않는다. 이번만 어떻게든 넘겨보자는 생각으로 나 홀로 그 무서운 격투장으로 들어간다. 일단 준비한 프레젠테이션을 마친 뒤 공포의 시간과 맞닥뜨린다. 잠깐의 침묵, 폭풍전야 같은 시간이 몇 초 지나고 이내 질문들이 날아온다.

"연구의 정당성이 어떻게 되죠?"

"다른 연구와의 차이점은 무엇인가요?"

날아오는 질문 세례를 적어둘 새가 없다. 일단 머릿속에 마구잡이로 넣어둔다. 그리고 첫 질문부터 답변을 시도한다. 최대한 여유 있게 전혀 떨고 있지 않다는 인상을 심어준다. 머릿속이 하얘지고 아무것도 기억나지 않더라도 절대 티내지 않는다. 온몸의 모든 구멍에서 흐르는 땀줄기를 느끼며 살 떨리는 몇 분을 고스란히 견뎌낸다. 다 끝난 후에는 다리에 힘이 풀려 털썩 주저앉는다. 다시는 겪고 싶지 않다는 생각을 하면서……

암기의 의미

나에게 암기는 어떤 목적이 있을 때만 어쩔 수 없이 하는 행위였다. 암기도 일종의 공부라는 것을 치의학을 배우면서 처음 알게 되었다. 대학에 입학하기 전까지 내가 살았던 곳은 대전의 대덕연구단지였다. 과학교육에 특화되어 있어서 그런지 자연스럽게 원리와 이해 위주의 공부를 했다.

"절대 외우려고 하지 말고 이해하려고 해야 합니다."

"절대 외우지 마세요. 외워서 쓰는 사람은 틀렸다고 할 거예요."

진리처럼 늘 들어왔던 말이다. 미래에는 조금만 검색해도 필요한 것을 쉽게 찾을 수 있게 될 것이므로 단순 암기보다는 원리에 대한 이해가 선행되어야 한다는 것이다. 시험을 볼 때도 일부러 똑같이 쓰지 않고 조금 다르게 자신만의 언어로 새롭게 써내려가야 했다. 외우는 것은 공부가 아니었기 때문이다. '이해가 우선이고 이해가 되면 자연스레 머리에 남게 된다.' 이것이 암기의 뜻인 줄 알았다. 물론 외국어처럼 암기가 우선인 공부도 있지만 이는 시험만을 위한 공부라는 생각이 지배적이었다. 그래서 암기도 훈련이 필요한데, 지금까지 암기에 대한 훈련이 전혀 되어 있지 않은 상태였다.

그런데 치의학 공부방식은 완전히 달랐다. 무조건 암기를 해야만 했다. 암기의 양이 상당했다. 인간이 외울 수 있는 양인가 싶었다.

'아니 공부라는 건 원리에 대한 이해가 선행되어야 하는 게 아닌가? 무조건 암기하는 것이 과연 옳은 것일까?'

넘버링 되어 있는 처음 보는 문장들을 암기해야 했을 때의 암담함을 지금까지 잊을 수 없다. 흔히 "선 암기 후 이해"라고 표현했다. 일단 공부해야 할 양이 엄청 많기 때문에 정해진 시간 안에 고민과 이해까지 다 하는 것은 비효율적이었다. 학문은 끊임없는 연구로 발전되는 것이지만 치료는 그런 연구를 바탕으로 환자에게 적용하는 실전이기 때문에 환자를 대상으로 실험한다는 것은 있을 수 없는 일이었다.

그렇기에 기본적으로 모든 술식은 기존의 근거에 기반한 것이었다. 이런 술식과 이론을 모두 익히는 가장 빠른 방법은 암기다. 암기할 때조차 기술이 필요하다. 백지 상태에서는 잘 외워지지 않는다. 설령 외웠다고 해도 시험과 제한된 시간 내에서의 아웃풋이 잘 작동하지 않을 때가 있다. 시험은 실전이기 때문에 시간 안배까지 생각해야 한다. 이렇듯 암기에도 전략이 필요하다. 주로 연상 기법을 사용하는데, 시각적인 연상을 사용할 수도 있고, 언어적인 연상을 사용할 수도 있다. 시각적인 연상은 언어적인 연상보다는 기억에 오래 남는다. 하지만 항목이 많아지기 시작하면 시각적인 연상보다는 언어적인 연상으로 암기하는 것이 더 효율적이다.

생각해보면 선조들의 공부방식도 암기였다. 서당에서 천자문을 외우고, 어려운 한자를 기억하고, 맹자·공자 등 고전을 암기하고, 암기의 양으로 공부량을 판단했다. 암기는 공부가 아니라는 극단으로 치우친 내 생각이 처참히 깨졌다.

무엇이든 한쪽으로 치우치는 것은 위험하다. 잘못된 신념이 생길 수 있기 때문이다. 단순하지만 이해하는 공부와 암기하는 공부 모두 인정하는 과정에서 나는 신념으로 인한 오류를 경험했다. 특히 옳지 않다고 생각했던 어떤 사실에 대해 대다수 사람이 아무런 반발 없이 수용하는 모습에서 느낀 감정은 흡사 두려움과 비슷했다. 나와 상반된 생각을 가진 집단이 존재한다는 사실 자체가 공포스러웠다. 그 공포는 집단이었기 때문에 배가 되었다.

이상한 나라에 홀로 떨어진 느낌이었다. 일말의 의심도 없이 첫 페이지의 깨알 같은 상형문자를 머릿속에 새기려고 시도하는 저들의 모습이 난 왜 그렇게 낯설게 보였던 것일까.

"정신 좀 차려보라고. 이해만 한다면 이런 매뉴얼 같은 내용은 태블릿만 뒤지면 나오는 시대라니까. 이런 걸 굳이 외운다고?"

할 수만 있다면 외치고 싶었다. 그것은 마치 원주율을 외우고 있는 느낌이었다. 어쩌면 암기에 관해서뿐 아니라 내가 옳다고 믿었던 어떤 신념에도 다른 무시무시한 실체가 있는 것이 아닐까. 온갖 상상이 나를 괴롭혔다. 이 세상의 암기 천재들이 한자리에 모두 모여 있는 것 같았다. 그 엄청난 양을 토씨 하나 안 틀리게 외우려고 노력하더니 이내 완벽하게 성공하더라니. 내가 통째로 부정되는 느낌이었다. 암기 하나로 뭐 그렇게까지 생각하나 싶겠지만 나에게는 무언가 엄청난 경험이었다. 어쩌면 지금까지는 내가 믿고 싶었던 것만 믿었던 것인지도 모른다. 보고 싶었던 단면만 보고 있었던 것인지도 모른다. 그리고 그 사실을 받아들이고 암기하는 행위를 시도해보는 과정에서 불가능할 것 같았던 암기

기술도 훈련을 통해 내 것으로 만들 수 있다는 사실을 경험한 이후로는 좀더 열린 시각으로 세상을 바라보게 되었다.

크기가 작아도 어금니
두번째 작은어금니

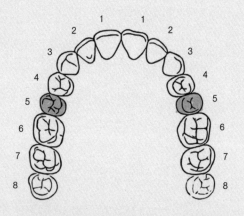

두번째 작은어금니(제2소구치)

첫번째 작은어금니 옆에 위치하며 그와 비슷한 기능
을 한다.

두번째 작은어금니는 첫번째 작은어금니와 마찬가지로 음식을 씹는 역할을 하면서 송곳니와 큰어금니의 기능을 보조한다. 두번째 작은어금니도 교정 치료를 할 때 발치 계획에 포함되는 치아기도 하다. 대개 모든 영구치가 유치보다 크다고 생각하지만 작은어금니는 그렇지 않다. 작은어금니는 유치 중에 크기가 큰 유구치의 뿌리 사이에 치배가 위치하면서 점점 그 뿌리를 녹이면서 나오는데, 영구치지만 그 자리에 있던 유치보다는 크기가 작다. 드물게 영구치가 원래부터 없어서 성인이 될 때까지 유치가 남아 있는 경우도 있다.

"여기 치아가 패였어요. 찬물 먹을 때 이가 시려요."

환자가 치과 진료실 체어에 앉은 채 손가락으로 가리킨 곳은 작은어금니의 치경부, 즉 치아의 목 부분이었다. 보통 치아끼리 하루종일 맞닿는다고 생각하는 경우가 있다. 사실 치아는 우리가 생각하는 것보다 서로 맞닿는 시간이 굉장히 적다. 하루 24시간 중 식사하면서 치아끼리 맞닿는 시간을 합치면 고작 10여 분 남짓밖에 되지 않는다. 하지만 그 짧은 시간에도 치아의 가장 약한 부분인 목 부분에 반복적인 휨운동이 생기고, 그 결과 금이 가기 시작하면서 V자 모양의 홈이 파이기 시작한다.

이를 치경부 마모증이라고 한다. 철사의 같은 부위를 반복적으로 구부리면 부러지는 것과 같은 원리다. 이갈이나 이악물기 습관이 있다면 밤중에 더 강한 힘으로 더 많은 자극을 주기 때문에 증상이 더 심해질 수 있다. 치경부 마모증 원인으로는 이뿐만 아니라 잘못된 칫솔질 습관이나 산성 음료, 치주 질환, 노화 등이 있다.

아래턱의 작은어금니에는 일종의 치아의 형태 이상인 치외치가 나타나는 경우도 있다. 치외치는 씹는 면 중앙에 돌기 같은 것이 툭 튀어나와 있는데, 그 부분이 잘 부러지기도 한다. 튀어나온 부분으로 치아 내부의 신경도 같이 있기 때문에 이 부분이 부러지면 시린 증상이 나타날 수 있다. 다르게 생긴 것도 억울한데 잘 부러지기까지 하니 치외치 입장에서는 억울할 수도 있다. 하지만 치외치라는 것을 미리부터 인지하고 대처한다면 얼마든지 오래 쓸 수 있는 방법이 있지 않은가. 혼자서 남들과 다른 것 같다고 끙끙 앓기보다는 부족한 부분을 인정하고 보강하는 것이 서로 오래도록 상생하는 방법이다.

뜻하지 않는 곳에서 만나는 내력벽

기둥은 상부의 하중을 지탱하는 수직재로 건축 공간

을 형성하는 기본 뼈대다. 리모델링을 할 때도 기둥과 내력벽은 절대 건드리지 않는다. 치과 리모델링을 했을 당시에도 기둥 위치 때문에 애를 먹은 기억이 있다. 도면이 있었다면 더 편했을 텐데 오래된 건물이라 도면이 있을 리 만무했다. 기둥과 기둥 사이의 거리에 따라 들어갈 수 있는 체어의 수와 폭이 달라지는데, 예상했던 것보다 폭이 좁아 수납장을 넣을 수 없게 되었다. 내력벽이 아니라고 생각하고 설계했는데, 철거할 때 뜻하지 않은 곳에서 내력벽을 만나는 경우에는 내력벽을 두고 처음부터 계획을 다시 세워야 한다.

그때의 반응은 대개 두 가지다. 짜증을 내는 경우와 어떻게든 해결해보려고 고군분투하는 경우다. 마치 어려운 추리 문제를 푸는 데 더 희열을 느끼는 것처럼 뜻하지 않은 복병을 만났을 때 창의력과 전투력이 솟아나는 스타일의 사람들이 있다. 슬금슬금 승부욕이 올라오는 걸 느끼면서 말이다. 이런 사람들은 결과보다는 스토리가 있는 과정을 중시하는 스타일이다. 혼자 골방에서 그림을 그리는 내향인이 언제 끝낼 거냐는 질문에 끝낼 생각이 없다고, 그저 그리는 것 자체를 즐기는 중이라고 대답하는 것과 같다.

내향형의 나는 풀다가 막히는 수학 문제가 있으면 그 한 문제에 하루종일 매달리곤 했다. 밥을 먹을 때도, 양말을 신고 있을 때도 혼자 골똘히 생각했다. 심지어 자면서도 꿈속에서 생각했다. 나에게 그 문제는 생각지도 못하게 맞닥뜨린 내력벽 같았다. 조용히 그 문제와 마주하며 끊임없이 에너지를 쏟았다. 혼자서 하는 게임과도 같았다. 승부욕이 일면서 그 하나에 깊이 파고들었다. 그 문제를 해결한들 얻는 보상도 없었고, 효율적인 측면을 생각했다면 넘어가는 것이 옳았다.

하지만 나는 다음 문제로 넘어가는 것에 크게 신경 쓰지 않았다. 그저 생각하는 시간 자체를 즐겼다. 혼자 해결할 수 있는 일에는 그 일의 강도가 세든 약하든 큰 문제가 아니었다. 다만 외부에서 오는 예상하지 못한 과도한 자극에는 피로가 많이 증폭되었다. 자신만의 고요했던 바다는 시끄러운 바깥세상에 의해 풍랑이 일었다. 외향인은 사람들과 부딪치면서 에너지가 충전된다고 하지만 내향형인 나는 에너지가 소진되었다. 통제할 수 없는 예측 불허의 환경은 인고의 환경이었고 혼자 있는 집에서의 시간은 쉼의 시간이었다.

혼자서 에너지를 충전할 시간이 부족해지고 감당할

수 있는 범위를 넘어서면 어떤 형태로든 한계에 다다르게 된다. 졸업 후 인테리어 회사에 다녔을 때 옆자리에 앉았던 동료 언니가 기억이 난다. 우리는 주로 캐드 프로그램을 이용하여 하루종일 도면을 그리는 일을 담당했다. 그 언니는 그래픽에도 굉장히 소질이 있었다. 그런데 그보다 더 기억에 남는 것은 일을 대하는 언니의 태도였다. 모든 신입이 그렇듯이 당시 나는 회사생활에 적응하는 것부터가 버거웠다. 그런데 그 언니는 경력직이어서 그랬는지 무언가 안정적으로 보이고 듬직했다. 아침마다 함께 생수통에 물을 채우면서 큐티했던 이야기들을 나누고 힘들 때 도움이 되는 충고도 많이 해주었다.

우리는 여러 프로젝트를 동시다발적으로 진행했는데, 담당했던 프로젝트 중 하나의 계획이 변경되어 대대적인 수정이 필요하게 되었다. 문제는 그 수정 부분을 상사가 퇴근하면서 알려주고 내일 아침까지 완성하라고 지시하고 간 것이었다. 야근이 잦은 것은 그렇다 치더라도 예고 없는 밤샘 작업에 동공에서 지진이 일어나기 시작했다. 그런데 그 언니는 정말 태연하게 평정심을 잃지 않고 작업을 이어가더니 새벽녘쯤에는 찜질방에도 다녀오고 아무 일도 없었다는 듯이 일을 계속했다. 그 평정심에서 진정한 고수의 내공이 팍팍 느껴졌다.

　나에게는 왜 그 평정심이 없었을까? 나는 티를 내지 않았다고 생각했는데, 주임님이 집에 꿀단지 숨겨놓았냐고 했던 것을 보면 안절부절 못하던 내 모습이 티가 났었나보다. 돌이켜보면 내가 직장생활을 힘들어했던 이유는 제어할 수 없는 상황에 적나라하게 노출되었던 까닭이다. 비효율적인 업무 체계, 하고 싶은 말도 제대로 하지 못하는 분위기, 분명 불합리한 상황인데도 아무도 개선하려고 노력하지 않고 아무 제안도 하지 않는 태도 등이 모두 이해되지 않아 느꼈던 상실감 때문이었던 것 같다. 이와 같은 상황들은 나를 무기력하게 만들었다. 협업을 왜 이런 식으로 할까. 혼자 하는 일이었다면 이런 식으로 처리하지 않았을 텐데 하는 생각들이 혼재되었다.

　이 일은 분명 내가 가장 좋아했던 일인데도 직업이 되고 난 후에는 좋아하는 마음은 사라지고 그냥 단순한 노동이 되었다. 그 사실을 받아들이기 싫었다. 내 선택이 틀렸다는 것을 인정하고 싶지 않았다. 고등학교 때 담임선생님과 진로 상담시간에 선생님의 권유를 뿌리치고 확신에 차서 직접 선택한 공부였다. 그 선택이 틀렸던 것일 수 있다는 생각에 이르자 자신감이 사라졌다. 하고 싶은 것만 하면서 살 수 없다는 이야기도 그때 들었다.

다들 잘 다니고 있는데, 혼자 부적응자가 된 것 같은 느낌도 자존감 상실에 한몫했다. 내가 이상한 사람이기 때문에 모두가 당연하게 받아들이는 일을 혼자 이상하게 받아들이고 있구나 하는 생각이 들자 감기처럼 우울이 찾아왔다.

변화를 거부하는 유착치

이번 달쯤이면 왼쪽 아래턱 송곳니(33번 치아)가 회전이 되어 있어야 할 텐데 이상하게 지난달과 큰 차이가 없었다. 회전도 되지 않고 움직임도 전혀 없었다. 치아를 타진했더니 맑고 경쾌한 소리가 났다.

'아, 이 치아는 유착치구나.'

유착치는 임플란트처럼 치조골에 딱 붙어서 움직이지 않는 치아다. 교정력을 가해도 움직이지 않는다. 부분적으로 치주 인대가 소실되어 그 부분이 뼈에 엉겨붙어 유착이 된 것이다. 마치 내력벽 같은 존재다. 회전이 되지 않으니 철사는 계속 휘어진 채로 있을 수밖에 없고 주변 다른 치아의 배열에도 영향을 준다. 유착이 의심이 되는 순간부터 처음 세웠던 계획을 변경하기 시작한다. 움직이지 않는 치아로 간주하고 교합을 맞추어야 한다. 지금까지 치아를 이동했던 방향이 바뀔 수도 있다.

다행히 유착치 위치가 그렇게 나쁘지 않았다. 회전을 조금 포기하고 그 위치 그대로 다른 치아들을 맞추어보기로 했다. 유착치는 임플란트처럼 '움직이지 않는다'라고 생각하고 접근해야 한다. 차이점이 있다면 임플란트와는 다르게 일반 치아인 것처럼 위장하고 있어서 처음에는 눈에 잘 안 띈다는 것이다. 처음부터 유착이 의심되는 치아도 있지만 그렇지 않은 경우에는 움직임을 시도해본 후에 발견하는 경우도 많다.

내 마음을 구획한 내력벽 위치가 마음에 들지 않는다고 억지로 밀어내려고 해보았자 옮겨지지 않을 것이다. 그 벽은 처음부터 그 자리에 있었으므로 나는 그것을 인정하고 그 벽에 기대어 쉬면 된다. 그 벽 때문에 공간이 넓어 보이지 않고 답답하다는 생각이 들 수도 있다. 하지만 다르게 생각하면 그 벽으로 인해 내게 아늑함과 안정감을 제공해줄 수 있다. 다른 사람들의 생각과 사회적인 잣대에 억지로 나를 맞추려 하지 말고 있는 그대로의 나에게서 장점을 찾으면 된다. 나는 잘못된 것이 아니고 또한 잘못이 없다.

30대 이후부터인가 나는 나를 억압하던 보이지 않는 틀에서 벗어나 조금씩 자유로워졌다. 무엇이 나를 편안하게 했을까. 돌이켜보면 내가 나의 내향형 성향을 알게 되고 받아들이기 시작하면서부터였다.

내향인에 대한 부정적인 인식은 20세기 산업사회의 산물이다. 요즘 심리 서적 등에서도 많이 나와 있듯이 내향형 성향을 인정하고 받아들이려는 분위기가 형성되고는 있지만 최근까지만 해도 고쳐야 하는 성격으로 여겨졌다. 따지고 보면 산업사회 이전에는 성격보다 인격을 더 중시하던 때도 있었다. 근검절약과 청교도적 정신이 중시되고 조용한 성인이 추앙받던 그런 시대 말이다. 외향성이 롤모델이 된 것도 그리 오래되지 않았다.

한때 외향적으로 변해야겠다고 생각하고 노력하면 될 수 있다고 믿었다. 내향형 성향을 감추면서 아닌 척 다른 사람 흉내를 냈는데, 늘 무언가 공허했다. 마치 나는 없고 껍데기만 있는 느낌이었다. 나의 에너지는 한정적이었기 때문에 필요 이상의 에너지 소모를 멈추고 더 효율적으로 내 자신을 운영해야 할 필요성이 느껴졌다. 내향형 성향을 역행하지 않고 받아들이고 이해해보기로 했다. 내향인은 에너지가 자기 내부로 흐르며 에너지의 원천 또한 내부다. 반면 외부 자극에는 쉽게 에너지를 빼앗긴다. 이 사실을 이해한 후부터는 내 안의 목소리에 좀 더 귀기울여보고자 했고 마음이 시키는 대로 행동해보기로 했다.

나에게는 아이가 셋 있다. 불완전하다고 여겼던 내 삶에 아이의 등장은 엄청난 선물이었다. 나라는 엄마를 좋아해줄까. 다른 엄마들처럼 하이톤 억양은 고사하고 동화 구연도 잘 못 하는데. 스타 강사들이 강조하는 아기들의 주의를 집중시키는 특유의 억양으로 종일 대화하는 것도 할 수 없고, 심지어 온갖 전집으로 오리고 붙이고 여기저기 정보를 취합하여 에너지를 쏟는 일을 계속하는 것은 도저히 자신이 없었다. 활동적인 엄마들의 에너지 넘치는 액티비티를 따라 하는 과정에서 엄마인 나의 피로도가 쌓여갔다. 그 피로가 알게 모르게 느껴졌는지 아이들은 그 시간을 즐거워하지 않았다. 가정이 아이들에게 또다른 학습의 장이 아닌 정서적으로 편안히 기댈 수 있는 휴식 공간이었으면 좋겠다고 생각했다. 그것은 나의 바람이기도 했다. 일관되게 역동적으로 살 자신이 없었다. 그러기에는 나의 에너지가 한정적이었다. 열정적으로 정보를 얻고 놀아주는 액션을 취하는 것은 포기했다. 대신 좀더 자율성과 편안함에 초점을 맞추었다. 관심 있는 것에 몰입할 수 있는 환경을 제공하고 그대로 내버려두었다. 아이들을 위해서도, 내 자신을 위해서도.

조리원 천국이라는 이야기가 있지 않은가. 첫째 아이 때는 조리원 동기가 중요하다는 말에 식당에서 다 같이 모여 식사하는 곳으로 갔는데, 천국은 고사하고 낯선 생활에서 힘들었던 기억이 있다. 몸이 너무 힘들어 혼자 쉬고 싶었는데, 그런 시간조차 허락되지 않았다. 그곳은 교육을 포함한 빡빡한 스케줄에 늘 긴장할 수밖에 없는 곳이었다. 식사시간에 주고받는 사회적 미소와 인사, 협찬업체의 수많은 교육, 수유 콜 등 마치 엄마 사관학교 같았다. 새로운 규칙을 습득하는 체험 학습의 장이었으며 낯선 이에게 도움을 구할 수밖에 없는 강요된 사회성을 요구하는 그곳에서의 사회생활은 내향인에게는 많이 버거웠다. 중간에 퇴소하는 사람도 있었는데, 그 심정이 이해되었다. 그래도 그저 겪어야 하는 과정이려니 하며 있다 보니 그곳에서 만났던 동기들과의 만남은 한동안 이어졌다. 어색했지만 친해지니 여러 정보도 들을 수 있어 좋은 듯했다. 좋은 사람들과 아이들의 만남이 분명 즐거웠지만 같이 시간을 보낸 후 집에 돌아오면 녹초가 되었다.

둘째 아이 때는 방에서 각자 조리하는 조리원으로 갔다. '혼자라 조리원 동기가 안 생길 텐데 괜찮으려나' 하고 걱정되었지만 혼자서 유축하고 식사하는 것이 오히려 마음이 편했다. 요즘은 육아 서적도 많고 육아에 대한 정보가 넘쳐난다. 굳이 조리원 동기에 매달릴 필요는 없어 보였다. 마음을 내려놓으니 조리원이 그야말로 사회생활을 하는 곳이 아닌 진짜 조리하는 곳이 되어 에너지를 빼앗기지 않고 쉼다운 쉼을 쉴 수 있었다.

셋째 아이 때는 일부러 각자 식사하고 조리하는 곳을 찾아갔다. 마침 면회도 제한하는 곳이라 혼자 있을 수 있는 시간이 가장 많았다. 읽을 책도 잔뜩 들고 가서 대부분의 시간을 밖에 나오지도 않았다. 애 낳느라 고생했으니 이 정도 호사는 누려야지 하며 철저히 혼자 있는 시간을 즐겼다. 마음이 시키는 대로 했더니 그 시간 동안은 아기와 단둘이 온전한 자유를 만끽할 수 있었다.

단순히 내향형 성향에 대해 이해하기 시작한 것만으로 마음이 편안해진 것은 아니었다. 아는 것은 시작이요, 그 뒤에는 인위적인 노력이 뒤따른다. 노력의 시작은 내려놓음이었다. 바쁘다면 바쁘게 지내왔던 시간을 뒤로 한 채 천천히 여유를 곱씹어보는 시간을 가졌다. 현실에서 잠깐 벗어나고자 할 때 많은 사람은 주로 여행을 가는데, 그 여행에서 얻을 수 있는 즐거움은 무엇인지, 취미를 가지면 좋다고 하던데 어떤 것을 도전해볼지 한번 생각해보고 실천도 해보았다. 그때 시도한 것 중에는 옷 만들기, 소품 만들기, 가구 만들기, 운동하기 등이 있었다. 역시 손으로 무언가를 만들면서 집중하고 혼자서 매우 흡족해하는 것이 전형적인 내향형 성향이었다.

또한 내향형인 내가 내 성향에 맞추어 앞으로 편안하게 일할 수 있는 직업에는 무엇이 있을지 고민하고 찾아보려는 시도도 했다. 내향형은 겉으로 느리고 머뭇거리는 것처럼 보여도 속으로는 자신의 행동이 어떤 결과를 가져올지 예측하면서 자신이 하고자 하는 행동에 대한 밑그림을 부지런히 그리는 스타일이다. 그리고 자기표현이 적어 사회성이 부족하다고 생각할 수 있지만 경청하는 뛰어난 능력이 있기에 결코 사회성이 부족하지 않다. 경청을 잘하는 것도 사회 구성원으로서의 큰 능력이라고 생각한다. 내적 에너지를 쏟을 수 있고 경청을 잘하는 장점을 이용할 수 있는 일이 무엇이 있을지 계속해서 알아보았고 지금 하고 있는 치과의사라는 직업은 그 부분에서 괜찮은 선택이었던 것 같다.

우직한 고목나무 같은
첫번째 큰어금니

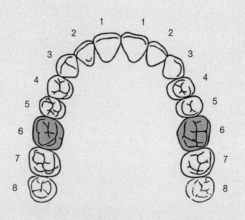

첫번째 큰어금니(제1대구치)

넓은 교합면으로 음식을 씹고 잘게 갈아 부수는 역할을 한다.

첫번째 큰어금니는 여섯 살에 유구치 뒤쪽에서 처음 나오기 시작한다. 그래서 영구치인데도 부모들이 잘 모르는 경우가 많다.

"어머 이거 유치 아니었어요? 빠질 치아인 줄 알고 크게 신경쓰지 못했는데……."

유치여서 신경을 덜 써도 된다고 생각하는 것부터가 잘못이지만 이 영구치는 유치가 빠지면서 나오는 치아가 아니기 때문에 더욱 영구치라고 생각하지 못하는 것 같다. 이 치아는 여섯 살 어린 나이에 가장 처음 세상 밖으로 고개를 내민 이후 평생을 써야 하는 영구치이므로 모진 풍파에 시달리면서 충치도 많이 생기는 치아 중 하나다.

첫번째 큰어금니도 송곳니와 마찬가지로 치아의 기둥 역할을 하는 매우 중요한 치아다. 첫번째 어금니의 위치관계를 보면서 위턱과 아래턱의 전후관계를 살펴보기도 한다. 위턱의 첫번째 큰어금니는 위턱에 잘 매달려 있기 위해 세 개의 튼튼한 뿌리를 지닌 채 뼈에 단단히 박혀 있다. 관리만 잘하면 가장 오랫동안 한자리를 지키고 있는 치아지만 관리를 소홀히 하면 가장 먼저 세상 밖으로 나온 치아인 만큼 일찍 탈이 날 수도 있다.

충치가 크게 생겨 치아가 부러지고 뿌리만 남는 경우가 있는데, 이때 주변 치아가 빈자리 쪽으로 쓰러지는 경우가 많다. 예전 지구과학시간에 배웠던 맨틀의 대류에 의한 대륙이동설처럼 치아는 매우 천천히 이동한다. 멈추어 있는 것 같지만 굉장히 긴 시간의 단편에서 보면 분명 이동하고 있다. 치아 교정도 어떤 힘을 가하여 치아를 이동시키는 것이 아닌가. 치아는 단단한 뼈에 박혀 움직이지 않는 것 같지만 실제로는 바다 위에 두둥실 떠 있는 배와 같다. 빈 공간이 있으면 치아는 그 공간을 향해 자꾸 쓰러지려 한다. 그러면 공간이 좁아져 바로 임플란트를 식립하기가 힘들 수 있다. 쓰러져 있는 치아를 바로 세우면서 좁아진 자리를 넓히고 임플란트를 식립하거나 쓰러져 있는 주변 치아를 깎고 새로 보철을 함으로써 임플란트 식립 자리를 만들 수 있다.

첫번째 큰어금니는 탈이 나지 않는 이상 우리와 평생 함께한다. 그렇기에 매우 크고 힘이 세고 역할이 분명하다. 대장 같기도 하고 우직한 고목나무 같기도 하다. 오랫동안 한자리를 지키는 것만큼 힘든 일도 없다. 그 어려운 것을 해내는 치아가 바로 첫번째 큰어금니다.

경로 이탈의 즐거움?

설계실에서 일할 때 가끔 현장으로 파견되는 경우가 있었다. 파견은 외근처럼 일회성이 아닌 몇 달에 걸쳐 그곳으로 출근하고 그곳에서 퇴근한다. 지방일 경우에는 따로 숙소도 있다. 아무래도 지방이면서 규모가 큰 현장일수록 파견 기간이 길어진다. 그때까지 아직 파견을 나가본 적이 없어서 본사 설계실에서 현장 나가는 사람들을 안타깝게 생각하면서 배웅했는데, 이번에 드디어 내 차례가 온 것이다. 갑작스러운 환경 변화는 내향인에게 커다란 스트레스로 다가온다. 예측 불가한 미래에 여과없이 노출되는 것은 마치 서바이벌 게임을 하는 것처럼 순간순간이 긴장의 연속이다.

"그래도 오히려 집이랑은 가까워져서 좋겠어요."

동료들이 위로했다. 집과 가까워진 것에 위안을 삼고 필요한 짐들을 주섬주섬 챙겼다. 우리 회사는 전시장 프로젝트에서 인테리어 부분을 담당했다. 다른 건설회사 사람들은 어떻게 일하는지 궁금하기도 했고 이왕 이렇게 된 거 잘 보고 배워와야겠다고 생각했다. 긴장도 많이 하고 걱정도 많았는데, 현장은 생각보다 나쁘지 않았다. 일단 핵심 인력이 아닌 보조 인력 개념으로 투입된

터라 하는 일이 많지 않았다. 그곳에서 나는 메인이 아니었기 때문에 먼저 퇴근도 시켜주는 등 좀더 자유로운 분위기에서 출퇴근을 했다.

그곳에서 지내면서 프로젝트 총괄을 맡은 건축사사무소가 일하는 방식도 엿볼 수 있었다. 회의할 때도 굉장히 바쁘고 역동적이면서 젊은 느낌이었다. 그냥 먼 발치에서 바라보았을 때 누가 상사인지 구분이 잘 안 될 만큼 자유분방했다. 미국 드라마에서 보던 자유로운 복장과 대면형 책상 위에 도면을 두고 서서 벌이는 자유로운(어찌 보면 다툼 같은) 토론 모습들이 보수적인 우리 회사와는 분위기가 사뭇 달랐다. 그들이 일하는 모습은 마치 매일매일 사건이 터지는 현장에서 모든 등장인물이 외향인인 드라마 같았다. 제3자, 그러니까 철저히 관찰자 입장에서 보았을 때는 색달라 보였지만 내가 과연 그 큰 목소리의 일원이 될 수 있을지에 대해서는 물음표였다.

"자, 잠깐 멈추고 다 모여봐. 여기, 여기, 여기 또 수정해야 돼."

"아, 또예요. 대체 이게 몇번째예요."

변화무쌍하고 사건 사고가 터지는 곳. 그곳이 바로 현장이었다. 익숙하고 예측 가능한 환경을 좋아하는 나로서는 잠깐 발만 담근 상황이었는데도 심하게 뛰는 맥박을 주체할 수 없어 보이지 않는 곳에서 홀로 심호흡을 해야 했던, 과도한 외부 자극이 난무하는 곳이었다.

익숙한 것을 좋아한다는 것은 다르게 해석하면 불확실성에서 오는 자극이 주는 부담감에 필요 이상으로 압도되는 것이다.

여행에서의 불확실성도 예외는 아니다. 아이들을 위해서라도 익숙한 것만 추구하면 안 될 것 같아 의도적인 경로 이탈을 계획해본다. 예전에 여행을 마음껏 다닐 수 있었을 당시에 사람들의 SNS에서 가장 많이 볼 수 있었던 사진은 주로 여행지에서의 모습들이었다. 사진에는 밝고 이국적이면서 행복한 모습들이 가득했다. 사진들을 보고 있자니 모두 성공하는 삶을 살고 있는 것 같아 부러웠다.

하지만 막상 나는 그 여행의 즐거움을 잘 모른다. 연중 계획을 세우고 조금이라도 시간이 생기면 비행기 티켓을 예매하는 사람들을 보면 분명 여행에 어떤 매력이 있다는 것인데, 그것이 정확히 무엇인지 잘 모르겠다. 이것 때문에 내가 조금 이상한 건가 하는 생각도 해보았다. 여행을 다녀오는 것 자체가 분명 즐겁고 뿌듯하고 좋은 일임에 분명한데, 그것이 그렇게 많은 사람을 집단으로 매료시킬 만큼의 매력인지에 대해서는 늘 의문이었다. 열 일 제치고 상당한 비용을 지불하면서까지 그 먼 곳에 다녀오게 만드는 마력은 무엇이며 그 사람들에게 여행의 의미는 무엇일까.

배낭여행이 한참 유행했을 때는 모든 사람이 '경험'이라고 대답했다. 요즘 젊은 사람들은 조금 달라졌다는 이야기를 들었다. 새롭고 낯선 곳에 있다는 사실 자체가 기분 전환이 되는 것일까. 단지 멋진 풍경을 보기 위함이라면 지불해야 하는 것이 너무 많다. 요즘은 검색만 해도 멋진 풍경을 쉽게 볼 수 있기 때문이다. 사진을 찍기 위해서라면 이해되지만 사진은 여행의 부수적인 산물이지 않은가. 그렇다면 주객이 전도된 느낌이다. 여행지에서 늘 낯선 외부 자극에 온통 에너지를 빼앗겨서인지 나는 기분 전환을 느낄 새도 없이 남들이 말하는 여행의 의미를 찾고자 거기까지 가서 또 연구를 한다. 일단 그것부터 알아야 나만의 의미를 찾을 수 있을 것 같았다.

혼자만의 여행, 나를 찾는 여행 등 어떤 테마가 있는 여행들도 꼭 그 여행지에서만 그 가치가 추구되는 것인지도 궁금하다. 일상을 내려놓고 생각하는 시간을 갖기 위함인지, 과연 이동에 따른 피곤함과 바꿀 만한 가치가 있는 것인지도 알고 싶었다. 여행의 방식에서도 차이가 있겠지만 배낭여행이든 휴양지로의 여행이든 여행의 의미는 늘 나에게 물음표였다. 낯선 느낌은 집을 떠나는 순간부터 느껴진다. 알아들을 수 없는 외국어, 내가 모르는 문화, 내가 모르는 규칙, 식상한 여행 코스, 나를 바라보는 시선 등 가만있어도 기가 빨리는 느낌 때문에 빨리 숙소로 돌아가고 싶다는 생각이 절로 든다. 어떤 이들은 외국이기 때문에 좀더 과감한 복장을 하고 자유롭게 돌아다닐 수 있다고 한다. 일종의 문화 차이를 경험하면서 평상시에 느꼈던 억압에서 해방될 수 있는 짧은 기회라고 생각하는 것 같다.

여행은 일상에서의 작은 경로 이탈이므로 다시 일상으로 돌아올 것을 생각하기 마련이다. 평소의 일상이 답답하고 무료하다고 느껴진다면 괜찮은 주의 환기 방법인 것 같다. 얼마 전까지 유행했던 외국에서 한 달 살기는 적잖은 기간을 할애하는 것으로 단지 리프레시 목적이라고 하기에는 포기해야 하는 것이 너무 많지 않은가. 변화된 환경에 조금 적응했다 싶으면 이내 다시 돌아와야 하는 것도 그렇고, 이사만큼은 아니겠지만 아이들까지 있다면 집도 만만치 않을 텐데 말이다. 내가 경험해보지 않아서 모르는 것일 수도 있다. 짧게 살다 오는 만큼 가볍게 다녀야 하니 최근 유행하는 비우기의 일환일 수도 있다. 비우는 것도 실행에 옮기려면 결심이 서야 하듯이 사는 곳이 바뀌면 그것이 동기가 되어 가볍게 비우는데 도움이 될 수 있을지도 모른다. 몸도 비우고 마음도 비우고 생각도 정리하면서 이후의 일상을 그대로 이어나가거나 완전히 새로운 계획을 설계할 수도 있을 것이다.

여행이 즐겁지 않은 것은 아니다. 피곤하다고 친구들과의 만남이 싫지 않은 것처럼 기본적으로 여행에 대한 동경은 있다. 가방을 싸는 순간이 가장 즐겁다는 이야기도 있지 않은가. 여행의 의미를 어디에 두느냐에 따라 수만 가지 이유가 있을 것이다.

응용과학을 응용하라

응용과학은 분야가 달라도 그 기본 원리는 다르지 않다. 그 원리가 각 기술 분야에 적용되는 방식이 다를 뿐이다. 전에 많이 들었던 용어가 다른 분야에도 반복적으로 나올 때면 왠지 모르게 반갑다. 마치 아는 사람만

아는 비밀 암호를 공유하고 있는 그런 느낌이다.

"그러니까 캔틸레버는 역학적으로 매우 불리합니다."

구조역학시간에 교수님의 설명이 이어졌다.

"캔틸레버는 한쪽 끝만 고정되고 다른 쪽 끝은 받쳐지지 않은 상태로, 같은 길이의 보에 비해 네 배의 휨 모멘트를 받아 변형되기 쉬운 구조지요."

캔틸레버는 우리 주변에서 흔히 볼 수 있는 구조인데, 주로 발코니에서 볼 수 있다. 우리가 흔히 쓰는 베란다라는 명칭은 잘못된 표현이다. 베란다는 상층이 하층보다 작게 건축되어 남게 되는 아래층의 지붕 부분을 일컫는다. 발코니는 건축물 외부로 돌출된 것으로 아파트에서는 주로 서비스 면적으로 제공된다. 구조적으로 불리하다는 이야기를 듣고 나서 한동안 발코니에 무거운 물건을 두어도 괜찮을까 고민한 적이 있었다.

이 캔틸레버라는 용어를 한참 후에 다시 들을 기회가 있었다.

"그래서 여러분은 되도록이면 캔틸레버 구조를 피하는 것이 좋겠습니다."

마치 데자뷔처럼 들렸다. 임플란트 보철시간이었다.

익숙한 용어가 주는 편안함이 있었다. 임플란트에서 캔틸레버 구조는 응력이 수직으로 작용하지 못하기 때문에 임플란트 본체에 무리가 갈 수 있다. 경제적인 이유 때문이든 뼈의 상태 때문이든 공간 크기의 애매함 때문이든 하나를 더 심기 어려운 경우가 아니라면 캔틸레버 구조는 되도록 피하는 것이 좋다. 응력이 마치 발코니에서 있듯이 축에서 비껴 있기 때문이다. 순간 내 머릿속에 나타난 아주 작은 비밀 요원이 캔틸레버 구조의 임플란트 보철물 가장자리에 앉아 다리를 흔들면서 나를 향해 윙크하고 있었다. 비밀 암호라고 하기에는 거창하지만 학문의 이론적인 연관성은 계속해서 여기저기에서 불쑥 튀어나왔다.

동적인 개념을 연구에 반영하려는 시도도 여러 곳에서 찾아볼 수 있었다. 산업혁명 이후 기계 위주의 체제에서 벗어나 사용자 중심인 인간에 초점을 둔 학문인 인간공학에서는 정적 인체 계측 개념뿐 아니라 움직이는 신체의 자세로부터 측정하는 동적 계측 개념을 도입했다. 인간은 깨어 있는 대부분의 시간 동안 움직이고 있기 때문이다.

치아 교정에서도 동적 개념이 반영된다. 눈에는 보

이지 않지만 치아가 천천히 움직이고 있기 때문이다. 실제 힘을 계산할 때는 정역학 법칙으로 계산하지만 엄밀히 따지면 아주 천천히 눈에 보이지 않을 정도로 움직이고 있기 때문에 온전한 정역학은 아니다. 치아 이동의 원리 및 역학에 관한 연구가 많이 진행되고 있지만 쉽지 않은 것이 사실이다. 치밀골과 해면골로 이루어진 비균질적인 뼈라는 매질에 뿌리가 묻혀 있고 정작 힘은 치관에서밖에 가할 수 없어 계산이 매우 복잡하기 때문이다. 더구나 치아의 움직임에는 조골세포, 파골세포와 같은 살아 있는 세포들이 관여한다. 이처럼 치아의 움직임에 대한 역학을 생역학이라고 한다. 치아의 뿌리를 감싸고 있는 뼈를 치조골이라고 하는데, 치조골도 굉장히 신기한 뼈 중에 하나다. 일반적으로 최대 성장기가 지나면 더이상 키가 자라지 않는 것처럼 성장이 완료된 후의 뼈는 외력에 의해 변화하지 않는 데 반해, 치아의 뿌리를 둘러싸고 있는 치조골은 치주 인대의 존재로 인해 압축력과 인장력에 반응한다. 교정력을 통해 치아가 움직일 수 있는 것은 바로 이와 같은 원리 때문이다.

서로 전혀 다른 것 같지만 신기하게도 찰떡궁합을 이루는 물질들도 있다. 주변에서 흔히 볼 수 있는 건물

중에 철근콘크리트 구조의 건물들이 많이 있다. 건축공학시간에 가장 기본적으로 배우는 것 중의 하나는 철근콘크리트 구조다. 보통 거푸집을 만들어서 철근을 조립해놓고 콘크리트를 부어 철근콘크리트 부재를 만든다. 이는 건물의 벽, 보 기둥 등의 구성 요소가 된다. 콘크리트는 압축응력에 강하고 철근은 인장응력에 강하다. 같이 사용함으로써 서로의 단점을 보완할 수 있는 것이다. 철근과 콘크리트는 딱 봐도 너무나 다른 재료다. 이렇게 다른 재료를 같이 사용할 수 있는 이유는 두 재료의 열팽창계수가 거의 일치하기 때문이다. 너무 놀랍지 않은가? 열팽창계수가 같지 않았다면 온도 변화에 견딜 수 없었을 것이다. 또한 콘크리트가 철근을 감싸서 산화를 방지하여 녹이 슬지 않게 해주는 등 이질적인 재료가 마치 천생연분처럼 작용한다.

이런 놀라운 천생연분의 조합이 또하나 있다. 바로 임플란트의 재료인 티타늄이라는 금속과 뼈다. 대개 이식체에 대한 거부반응으로 이물반응이 나타나는데, 티타늄은 생체 적합성이 뛰어나 이물반응은커녕 오히려 골과 융합되어 분리가 어려울 정도다. 또한 가벼운데다 강도도 우수하고 산소에 부식되지도 않는다. 이 또한 놀랍지 않은가? 금속과 뼈의 안정적 융합이라니. 마치 공상과학에서 나옴직한 이야기 같다. 이 놀라운 현상이 발견된 지는 그리 오래되지 않았다. 임플란트가 대중화됨으로써 이제는 치아 상실의 두려움에서 어느 정도 벗어날 수 있게 되었다.

치의학 박사학위 논문을 쓸 때까지만 해도 더이상의 공부는 없을 줄 알았다. 논문을 쓰면서 느꼈던 문장 하나하나의 무게는 일반 수필을 쓸 때의 무게에 비할 수 없었다. 한 글자 한 글자가 마치 벽돌처럼 무거웠고 자칫 균형이 깨질까 두려운 마음으로 매 순간 복잡하고 입체적인 얽힘을 살폈다. 그런데 자꾸 새로운 것이 나오고 또 공부하게 된다. 여기서 말하는 공부는 거창한 공부가 아니다. 내가 지금까지 모르고 지내왔던 것들, 앞으로 알아두면 좋을 것 같은 것들, 언젠가 한번 공부해보고 싶었던 것들, 나중에 찾아봐야지 하며 아껴두었던 것들이다.

내향형인 나는 새로운 것에 늘 열린 마음이었다. 새로운 관심거리를 찾는 것은 조용하게 에너지를 분출할 대상을 찾는 과정이었다. 결국 내향형인 나를 살아 움직이게 하는 것은 눈앞에 놓인 작은 계획이었다. 아무것도 할 필요가 없는 상태가 최고의 자유로운 상태일 것이라 생각했던 시기가 있었다. 그런데 철저한 준비과정을 거쳐 목표를 이룬 후에는 이상하게 허탈감만 남았다. 비로소 알게 되었다. 나를 살아 있게 하는 것은 결과가 아니라 과정이었다. '이제 모든 걸 마쳤으니 아무것도 하지 않아도 된다'는 자유로움이 아니라 갈 길을 잃어버린 막연한 공허함 같은 것이었다.

내향형인 나를 살아 있게 한 것은 팽팽한 긴장감이었다. '안전지대'라는 말이 있다. 안전지대는 주변 환경을 스스로 통제할 수 있는 정신적으로 안정된 상태를 의미한다. 편안함을 느끼며 불안과 스트레스가 적은 상태로 굉장히 좋은 말처럼 들리지만 사실은 그렇지 않다. 인생에서 가장 빛나는 순간은 모두 안전지대 밖에 자리한다. 긴장될 때 감당할 수 있는 정도의 중간지대를 '적정 불안 상태'라고 하는데, 이 지점은 안전지대 몇 걸음 밖에 위치하며 실행력이 높아질 정도로만 스트레스를 받는다. 이 지점이 바로 변화가 시작되는 출발점이다. 사실 안전지대 안에 머물러 있는 것을 선택하든 밖에 머물러 있는 것을 선택하든 정답은 없다. 주변 사람들이 안전지대 밖의 여정 자체에 의문을 가질 수도 있다.

하지만 안전지대 안에서의 작은 편안함은 성장의 기

회를 놓치는 것이다. 두려움을 없애고 안전지대를 벗어나 부단함으로 정진하면 어느새 반짝이는 미래에 다다를 수 있을 것이다. 흔히 내향인이 안전지대 밖으로 벗어나는 것을 두려워하리라고 생각하지만 사실은 그렇지 않다. 내향인은 혼자 에너지를 쏟을 곳이 필요하고 혼자 조용히 연구할 수 있는 것이라면 새로운 시도를 마다하지 않는다. 그래서 오히려 조용히 새로운 분야의 공부에 적극적으로 파고든다. 그리고 그 실행력을 추진력으로, 엉덩이의 힘을 연료로 깊이 있게 몰두한다.

외로운 아웃사이더
두번째 큰어금니

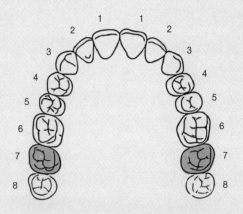

두번째 큰어금니(제2대구치)

첫번째 작은어금니처럼 음식을 씹고 잘게 부수는 역할을 한다. 형태적으로 첫번째 큰어금니와 비슷하나 크기가 다소 작은 경향이 있다.

두번째 큰어금니는 사랑니를 제외하면 가장 후방에 위치한 치아로 칫솔이 잘 닿지 않아 충치가 잘 생긴다. 가장 뒤쪽에 있는 탓에 접근이 어려워 신경치료를 하기도 까다롭다. 약간 작을 뿐 하는 일은 첫번째 큰어금니와 비슷한데, 웃을 때도 보이지 않고 관리하기도 어려워 주목받지 못한다. 그렇다고 해도 두번째 큰어금니는 하루하루 열심히 묵묵히 자신의 역할을 수행한다.

첫번째 큰어금니가 나온 뒤 유치들이 빠지면서 여러 영구치가 맹출하는데, 두번째 큰어금니는 그중 가장 늦게 나오는 영구치다. 사랑니를 제외한 가장 끝에 위치한 치아이기 때문에 입이 작은 경우 아래턱 맨 끝부분에서 치아 일부분이 잇몸으로 덮여 있기도 하다. 그러면 관리하기가 더더욱 어려워진다.

"닦는다고 닦았는데, 잘 안 닦이네요."

보이지 않는 곳이라고 해서 관리를 소홀히 해서는 안 된다. 활용할 수 있는 모든 도구를 활용하여 구석구석 깨끗이 해주어야 한다. 칫솔, 치간 칫솔, 치실 등을 사용하고 필요하면 전동칫솔, 구강세정기를 사용해서라도 관리해주어야 한다.

간혹 위턱과 아래턱 두번째 큰어금니끼리 만나지 않

는 위치로 배치되어 씹는 기능을 하지 못하는 경우가 있다. 가장 마지막에 나오는 치아이기에 자리가 부족하여 제대로 된 위치에 자리잡지 못해 위턱 치아는 볼 쪽으로, 아래턱 치아는 혀 쪽으로 기울어진 채 교합면이 서로 만나지 않고 비껴 있는 것이다. 그 모습이 흡사 가위와 비슷하다고 하여 가위교합이라고 부른다. 손바닥도 마주쳐야 소리가 나듯이 치아의 교합면이 서로 맞닿아야 씹는 기능이 가능한데, 기능도 하지 못한 채 허공에 매달려 있는 형상이다. 잇몸 밖으로 나온 이래 단 한 번도 일다운 일을 하지 못하고 애꿎은 볼살만 자극하는 불필요한 존재라는 생각이 들기 십상이다. 분명 그 자리에 같이 있지만 제대로 된 기능을 하지 못해 겉도는 느낌이다. 위치만 잘 잡히면 첫번째 큰어금니만큼 충분한 능력을 발휘할 수 있다.

숨 고르기

설계회사에 근무할 당시 아침부터 저녁까지 눈이 빠지도록 들여다보던 프로그램이 있었다. 바로 오토캐드다. 하루종일 오른손에는 마우스를, 왼손에는 명령어 약자를 입력해야 했다. 검은 바탕에 색색의 선들이 현란하게 움직이는 화면에 진심으로 어지러웠던 기억이 난다.

그때 가장 많이 눌러야 했던 자판은 다름 아닌 스페이스 바였다. 자판에서 가장 길게 자리잡은 스페이스 바는 그 프로그램에서만큼은 엔터였다. 오토캐드를 오래 다루다 보면 다른 프로그램에서 엔터를 쳐야 할 때 자꾸 스페이스 바를 누르는 부작용이 생긴다. 그만큼 가장 많이 써야 하는 자판의 크기가 제일 컸던 것은 효율적인 면에 크게 기여했다. 왼손의 이동 반경이 그만큼 작아졌기 때문이다. 현재 상황에 맞게 기존의 것을 치환하여 사용한 올바른 예인 듯싶다. 작업 속도를 높이려면 약자 암기는 필수다. 그래픽디자인과는 다르게 캐드는 모든 점에 명령이 들어간다. 그래서 입력해야 할 것이 많아 작업 속도를 높이려면 약자를 익히는 것이 좋다. 머리로 외우는 것도 있지만 손이 외운다고 하는 편이 옳은 표현일 듯하다.

회사에 다니는 동안 도면만 그리기 위해 그곳에 있는 듯한 느낌이었다. 하루종일 도면을 그리고 수정하기를 반복하고 업무를 끝낸 후에도 더 고칠 곳은 없는지 살펴보면서 계속해서 마우스 휠을 굴렸다. 무언가를 남보다 빠르게 잘한다는 사실이 알려지면 바로 업무가 늘어나기 때문에 모두 적당히 페이스를 맞추었다. 음악소리 하나 없이 마우스 딸깍거리는 소리만 배경음처럼 깔렸다. 가끔 사무실에서 상무님이 자기 안방인 양 큰 소리로 통화하는 소리만 들렸다. 무언가 의견 충돌이 있는지 수화기 너머로 들려오는 목소리도 만만치 않았다. 그러면 상무님 목소리는 더욱 커졌고 사무실 공기는 점점 가라앉았다.

자신의 의견을 피력하기 위해 목소리부터 높이는 경우가 종종 있다. 공격적인 상대방에 대응하는 외향형의 대응방식이다. 흔히 목소리 큰 사람이 이긴다고 하지만 내향형은 큰 목소리를 내는 데 익숙하지 않다. 더군다나 갑자기 큰 소리로 치고 들어오는 사람을 대응하기란 매우 어려운 일이다. 그렇다고 아닌 것을 아니라고 말도 못하고 억울함도 느끼지 못하는 바보는 아니다. 느끼는 감정은 똑같은데 대응방식이 서툴 뿐이다.

내향형은 갈등을 싫어한다. 갈등 상황에서의 데미지 때문에 일부러 그 상황을 피한다. 막무가내로 무조건 큰 소리부터 내는 사람을 만나는 날이면 스트레스는 최고조에 이른다. 어떻게든 헤쳐나가야 한다. 다행히 평생 써왔던 가면 속 연기의 내공은 있다.

한번은 마트에 도착하여 카시트에 앉아 있는 아기를 내려주려고 문을 열고 몸을 숙이고 있었다. 그때 옆 차에서 기다렸다는 듯이 큰 목소리로 이야기를 하며 나왔다.

평소 문콕에 신경을 많이 쓰는 터라 문이 닿지 않게 조심했는데 기분이 싸했다.

"이봐요, 차가 망가졌으니 당장 물어내요."

사람이 그렇게 순간적으로 화를 낼 수 있구나 싶을 정도로 중년의 여성이 과하게 소리쳤다. 갑자기 정신이 혼미해졌다. 분명 닿지 않았고 앉아 있다가 기다렸다는 듯이 튀어나온 것이 수상했다. 똑같이 큰 소리로 대응하고 싶었지만 아무 말이 떠오르지 않았다. 당장에 도움받을 곳이 없었던 탓에 궁지에서 벗어날 수 있는 방법을 찾기 위해 집중했다. 내향형의 방법으로 말이다. 말을 아껴야 했다. 긴장하면 목소리가 염소처럼 떨려 나왔다. 더 큰 자극이 나를 덮치기 전에 정신을 똑바로 차려야 했다.

"흠집이 난 부분이 어디죠?"

침착함을 유지한 채 물었다. 중년의 여성은 코를 박으며 이러저리 살피더니 작은 흠집 하나를 가리켰다.

"이거잖아요."

그 말을 들음과 동시에 기다렸다는 듯이 나는 차문을 확 열어젖혔다. 움찔하는 중년 여성의 시선과 나의 시선이 차문이 향하는 쪽으로 꽂혔다. 그가 손가락으로 가리킨 곳과는 다른 위치였다. 중년 여성을 쳐다보았을 때

그의 미간은 당황한 듯이 일그러져 있었다. 그렇게 눈으로 확인시킨 후 다시 차문을 닫고 아이를 챙겨 나의 갈 길을 갔다. 코너를 돌아 화장실 앞에서 다리에 힘이 풀려 털썩 주저앉고 말았다.

하루종일 회사에서 검정색 컴퓨터 화면과 그 화면에 거울처럼 비친 뒤편만 응시하고 있노라면 오만 가지 생각이 들었다. 퇴근시간은 따로 없었다. 그날 업무의 끝이 명확하지 않기 때문에 누군가가 눈치게임처럼 일어서서 갈 채비를 하면 그제야 모두 슬금슬금 일어나서 짐을 챙겼다. 물론 직급이 올라감에 따라 하는 일이 달라질 수는 있다. 좀더 창의적인 일에 투입될 수도 있을 것이다.

하지만 나를 괴롭혔던 것은 내가 진짜로 좋아하는 일이라고 믿었던 일에서 보람을 느끼지 못하는 상실감에서 비롯된 것이었다. 내 과거의 노력이 모두 부정되는 느낌이었다. 좋아하는 일이 보람된 일일 것이라고 믿었던 나의 신념이 개인의 성향이라는 변수에 부딪혀 맥없이 무너졌다. 내가 그렇게 좋아하던 일이라고 자신하던 시간과 노력이 허상이었을지도 모른다는 합리적인 의심이 시작되었을 무렵 내 자존감은 곤두박질쳤다. 이제 무슨 일을 하더라도 모두 실패할 것 같은 두려움에 휩싸였다. 꿈 많고 주어진 일에 열심이던 나는 이제 없었다.

배부른 소리라고 생각할 수 있다. 자기가 하고 싶은 일만 하면서 살 수 없다는 말은 익히 들어 알고 있었다. 하지만 이 일은 내가 예전부터 하고 싶었던 것이다. 무언가 잘못되었다. 감정의 모순이 불러일으키는 괴리는 내 논리로 해석이 되지 않았다. 아마도 다른 사람보다 외부 자극에서 오는 스트레스에 더 크게 반응했나보다. 더 활달하고 외향인이었다면 기회는 더 많았을 것이다. 나를 깊이 있게 탐구하지 못한 결과였다. 어디서부터 잘못된 것인지 몰라서 내 자신을 탓하기만 했다. 우물처럼 좁고 깊은, 끝을 알 수 없는 내 속만 할퀴며 생채기를 냈다.

돌이켜보면 내 안에는 문제라기보다는 이해받고 싶어하는 마음이 있었을 뿐이다. 무언가 돌파구가 필요했다. 본능적으로 아니다 싶은 느낌이 있었지만 무엇이 잘못된 것인지 잘 몰랐다. 자재부에 있었던 선배 언니한테 도움을 청했다. 아니 그보다는 대학원생활에 대해 물어보았다는 표현이 옳을 것이다.

"글쎄 대학원에 가도 뭔가 더 배우는 건 없을 거야."

무언가 더 배우려고 했던 것은 아니었다. 그냥 확인하고 싶었던 것 같다. 지금까지의 노력과 믿음이 부정당할 만한 것이었는지를 말이다. 생각할 시간도 필요했고 해결책도 필요했다. 회사를 탈출하기로 했다.

대학원생활은 그리 나쁘지 않았다. 오히려 숨통이 트이는 느낌이었다. 다시 내적으로 에너지를 발산할 수 있었고 나는 여전히 조용했다. 학교는 여전히 아름다웠고 새로 만난 사람들도 너무 좋았다. 미래를 꿈꾸는 사람들이 모여 있다는 점이 좋았다. 하지만 마냥 이상적인 것만 추구할 수 없다는 것도 알고 있었다. 다시 탐색이 시작되었다. 하지만 이번에는 충분히 내려놓아보기로 했다. 조급해하지 말고 천천히 주변을 둘러보기로 했다. 다시 한번 나에게 기회를 주기로 했다. 그렇게 주거환경학 대학원생활이 시작되었다.

화창했던 어느 날, 그날은 마침 우리 연구실 사람들의 야외 현장 체험일이었다. 에너지가 넘칠 법한 젊은 시절이었건만 그때도 밖에 나가는 것이 마냥 즐겁지만은 않았다. 내향적인 조교로서 챙겨야 할 것들이 많아서였을까. 그날도 유난히 무거운 발걸음을 옮겨 북촌 한옥마을로 떠났다. 늘 그렇듯이 막상 나오면 기분이 좋아진다. 어릴 적 한옥에 대한 편견은 무지에서 왔던 것이었을까. 안으로 들어갈 수 없어 밖에서만 기웃거려도 공간이 주는 고즈넉한 매력에 빠지기에는 충분했다. 요즘처럼 감성적인 사진이 유행이었다면 감성적인 사진을 한껏 담아올 수도 있었겠지만 그때는 그런 생각조차 하지 못했다. 방문 인증용 사진만 냅다 찍어댔다. 다만 마음속 앨범에는 그때의 깊은 인상이 각인되어 남아 있다. 지금처럼 사진이 중요한 시절이 아니었다. 그 시절에는 여행의 이유에 대한 대답도 '사진 따위가 아닌 경험을 얻기 위해서'였을 때니까. 그때의 그 경험은 태어난 지 얼마 되지 않는 어린 새가 처음 보는 것을 엄마로 인식하는 것처럼 각인되어 뇌리에 박혔다. 목재가 주는 편안하고 정돈된 느낌이 어우러져 표현할 수 없는 심신의 안정을 주었다. 그때도 내 시계는 늘 바쁘게 돌아갔다. 그 와중에 얻은 잠깐의 휴식이어서 그런지 더 크게 다가왔다.

인심 좋은 주민의 안내에 따라 한옥 안으로 들어갈 기회가 생겼다. 겉에서 봤을 때는 작아 보였지만 안에서는 개방감으로 인해 전혀 작아 보이지 않았다. 지금 보아도 세련된 색감의 조화가 눈을 즐겁게 했고 손끝에 닿은 나무가 주는 부드러움, 코끝에 퍼지는 나무의 향, 내리비치는 햇살에서 느껴지는 따뜻한 온기, 그 모든 것이 오감을 통해 한데 어우러져 온몸으로 나를 맞이했다. 왜 이제

왔냐고 투정을 부리는 것만 같았다. 천장만 올려다보아도 감탄이 절로 나왔다.

이렇듯 공간은 분명 어떤 영향력이 있는 것 같다. 사람이 만든 공간이지만 그 공간은 사람에게 다시 영향을 미친다. 공간은 그 안을 거쳐간 무수히 많은 사람의 역사와 문화, 일상 등 소소한 비밀을 간직하고 있는 그릇과도 같다. 공간이 주는 영향력에 따라 그 안에 있는 사람은 경직될 수도, 쉼을 얻을 수도 있다. 의복에 따라 몸가짐이 달라지듯이 공간에 따라 마음에 끼치는 영향력도 다른 것 같다.

사실 따지고 보면 자연에는 직선이 없는데, 우리는 오히려 직선에 더 익숙해 있는 듯하다. 직선이 아닌 것들을 직선으로 이야기하려 한다. 한옥의 멋은 자연스러운 곡선인 것 같다. 과하지도, 모자라지도 않은 적절한 곡선의 사용은 직선이 존재하지 않는 자연에서 이질감을 느낄 새 없이 자연스럽게 어우러지게 하는 힘을 지녔다. 살짝 끝이 올라간 처마 끝에서 보이는 곡선, 배흘림기둥의 있는 듯 없는 듯한 곡선, 아름다운 비례의 미에서 느껴지는 고즈넉함 모두 감탄을 자아낸다.

아직 이렇다 할 편견조차 없는 아이들의 눈에도 받

아들여지는 보편적인 미의 기준이 있지만 그에 대해 숫자로 설명하지 못할 뿐 심미성도 어떤 방향은 있는 것 같다. 해답은 우리 가까이에 늘 존재하는 자연에 있지 않을까. '자연스러움' 말이다. 한옥에서 느낄 수 있었던 자연스러움을 통해 다시 한번 내 인생에서의 자연스러움에 대해 생각해보게 되었다. 인위적으로 억지로 끼워 맞추고 힘겹게 끌고 가는 것이 아니라 물 흐르듯이 자연스럽게 스며들며 존재를 발하는 무언가가 있을 것만 같았다. 새롭게 발견하게 될 적성 같은 것 말이다. 좀더 시간을 두고 계속해서 찾아보기로 했다. 그렇게 나는 잠깐의 브레이크, 숨 고르기에 들어갔다.

나다울 수 있는 직업

입은 참으로 신기하다. 음식을 받아들이고 소리를 내는 기관이며 소화가 시작되는 곳이다. 얼굴의 인상을 좌우하기도 하고 어떤 말을 하느냐에 따라 마음의 창이 되기도 한다. 입속 세상은 하나의 우주와 같다. 자연의 생태계를 이야기하듯 입속 세상에도 생태계가 존재한다. 구강에는 수많은 세균이 있는데, 이와 같은 구강 내 미생물 생태계의 균형은 구강 건강에 매우 중요하다. 치주염이나 충치를 일으키는 세균은 구강에 항상 존재하는데, 미생물 생태계의 균형이 깨지면 질환 원인균의 종이 우세해지면서 그로 인해 질환이 나타난다. 그러므로 평화와 공존이 매우 중요하다.

구강 관리가 잘 되지 않으면 만성 염증이 심해진다. 복잡한 구강 환경에 적응해 사는 미생물들은 독특한 구강 생태계를 이룬다. 특히 치태는 다양한 미생물의 서식지다. 이들은 독특하게 불리한 환경에 처하면 자신들만의 철옹성인 바이오필름을 형성하여 그 안에서 공생한다. 인간이 흩어져 사는 것이 아니라 도시를 이루어 모여 사는 것과 같은 이치다. 인간이 사회적 동물이듯이 미생물도 서로 부대끼며 살아간다. 사람마다 직업이 다르듯이 미생물도 공동체의 일원으로서 각자 맡은 역할을 수행하며 영양분의 유입과 노폐물 배출에 관여한다. 또 주기적으로 떨어져나가 새로운 곳에 신도시를 건설하기도 한다.

치태가 쌓이면 충치가 시작된다. 현재로서는 치태를 줄이기 위해 식습관을 바꾸고 양치를 열심히 하는 것이 가장 최선이다. 우리가 하찮게 여기던 미생물이 자신의 우주에서 이렇게 열심히 살길을 모색하는 모습이 인간 사회의 모습과 많이 닮았다. 우리의 전부라고 생각하는 지구도 우주에서는 한낱 먼지이지 않은가. 그 광활한 우주도 그냥 존재하는 것이 아니라 규칙과 질서가 있고 경계도 없이 끊임없이 팽창하고 있다. 미시적인 세상과 거시적인 세상이 마치 거울로 서로를 바라보고 있는 것처럼 꼭 닮았다. 어쩌면 미시적인 방향으로든 거시적인 방향으로든 그 끝은 뫼비우스 띠처럼 하나로 연결되어 있는 것은 아닐까?

서로 완전히 다르다고 생각했던 분야도 학문적 영역에서 보면 서로 통하는 부분도 있고 중간에 방향을 튼다고 해서 그전에 했던 자신의 노력이 모두 물거품이 되는 것은 아닌 것 같다. 살아온 날보다 앞으로 살아갈 날이 더 많고 아닌 것을 계속 붙잡고 있으면서 자신을 옭아매는 것보다는 잠깐 내려놓고 자신을 더 깊이 이해해보려고 노력하는 것도 가치 있는 일이다. 공부 중에 가장 힘든 공부는 자기 자신에 대한 공부라고 하지 않는가. 평생에 걸쳐 해야 하지만 바쁘다는 핑계로 가장 뒷전일 때가 많다. 자기 자신에 대해 가장 잘 알고 있다고 생각하지만 그렇지 않은 경우도 많다. 『자존감 수업』과 같은 심리 서적이 베스트셀러가 되는 것도 이와 같은 요구가 반영된 것이라 생각한다. 책들이 공통적으로 이야기하고 있는 것은 자기 자신을 있는 그대로 받아들이라는 것이다. 부정하지 말고 있는 그대로 인정하고 사랑하라는 것이다.

그래서 나의 내향형을 받아들이고 내가 좀더 '나'다울 수 있는 직업을 새롭게 찾아보기로 했다. 직장과 직업은 또다른 것이라고 했던가. 주변 사람들이 자기 일에 자리를 잡아가는 것을 지켜보면서 다시 처음부터 고민을 시작하는 것은 참 힘든 일이다. 어떤 이는 사치라 여기며 비아냥거리기도 한다. 물론 사치일 수도 있고 늦은 출발일 수도 있다. 하지만 고민하는 그 순간만큼은 자기 자신만을 생각하는 이기적인 사람이 되어도 좋다. 자기 자신에 대해 잘 알지 못한다고 한들 남보다는 잘 알고 있지 않은가. 경계가 허물어지고 있는 세상이다. 지금까지 들인 시간과 노력은 어떤 형태로든 자신의 것이 될 수 있다. 든든한 아군을 두었다고 생각하면 된다. 결코 저버린 것이 아니다. 자기 자신에게 집중하고 어제보다 나은 오늘만을 생각한다면 충분히 마인드컨트롤이 가능하다.

지금까지는 외향성과 대조되는 내향성의 부정적인 요소만이 지나치게 부각된 경향이 있다. 자라면서 부모나 주위 사람들로 인해 강화된 내향성의 부정적인 인식이 족쇄가 되어 점점 자신을 갉아먹고 자존감을 깎아내렸다. 또 사회에서 요구하는 리더 자질에 자신을 맞추려다보니 본의 아니게 필요 이상의 에너지를 쏟으며 가면 안의 갑갑한 생활을 이어나간다. 안 그래도 힘든데 내향형에서 우울증이 더 많이 발병한다는 연구 결과도 있다. 하지만 사회가 점점 변화함에 따라 내향형을 인정하고 받아들이려는 분위기가 정착되리라 믿는다. 어쩌면 이미 시작되었는지도 모른다.

세상이 많이 바뀌었다. 외면받던 내향형에게도 기회가 주어지기 시작했다. 과장해서 말하면 내향형의 시대가 도래했다고 해도 지나친 말이 아니다. 지금까지는 외향인 위주의 오프라인 세상이었다고 한다면 내향형도 명함을 내밀어봄직한 기회의 문이 온라인 세상에서 열리기 시작했다. 자신의 성향을 잘 이해하고 장점을 부각할 수 있는 일을 찾아 자기만의 방식으로 사회와 소통을 해보면 업무 만족은 물론 효율도 극대화할 수 있을 것이다.

비대면과 거리두기, 자가격리가 일상이 되어버린 오늘날, 재택근무가 일반화되고 전 세계가 온라인으로 연결되는 세상은 또다른 기회의 장일 수 있다. 디지털산업, 1인 기업 등 요즘 떠오르는 노마드의 삶도 내향형의 강점을 활용할 수 있는 분야다. 집중력, 끈기와 같은 강점을 잘 활용한다면 내향형은 더이상 단점이 아니다.

업무에서 보통 협업이 중요하고 건축에서도 인테리어, 설비 등 여러 사람과의 협업을 통해 가장 최선의 결과를 도출하려고 한다. 사람들과 직접적으로 부딪치는 과정이 자신의 성향과 맞지 않는다면 일을 계속하기 힘들 수도 있다. 직접 샘플을 들고 다니면서 클라이언트를 대하는 일도 외향형이었다면 더 수월했을 것이다. 이렇듯 협업과정은 매우 중요하면서도 어려운 과정이다. 내향형에게는 간접적인 협업이 더 효율적일 수 있다. 혼자 생각할 수 있는 환경이 주어질 때 훨씬 더 창의적이기 때문이다.

내 경우에는 치과의사의 일이 더 잘 맞는 것 같다. 각 케이스마다 가장 나은 결과를 위해 연구하며 내적 방향으로 에너지를 표출하기에도 좋고 내향형의 장점인 경청도 매우 중요한 자질이 된다. 그리고 상대적으로 동료들 간에 토론을 중시하는 분위기가 형성되어 있어 내향형이 좋아하는 깊이 있는 논의를 할 기회가 더 많다. 격식과 예의는 기본이다. 진단할 때는 의학적 판단과 소신에 따라 임상적 독립성이 보장된다. 요즘은 학교나 회사에서 팀워크를 중시하면서 책상 배치도 대면형으로 바꾸어 매 시간마다 토론을 유도한다. 그런데 창의적인 사고는 팀워크에서보다는 혼자 조용히 생각하는 시간에서 더 많이 발휘된다고 한다. 내향형에게 토론과 협업을 강조하는 분위기는 일의 능률을 떨어뜨린다. 치과에서도 협진하는 경우가 있지만 혼자 집중하는 독립 진료의 성격이 더 강하다. 진료할 때 환자들도 치료하는 의사가 자주 바뀌는 것을 원하지 않는다.

소통의 성격도 약간 달랐다. 어떤 업무에서든 소통은 매우 중요한데, 설계회사 디자이너로서의 소통은 설득의 성격이 강했던 반면, 치과의사로서의 소통은 설명의 성격이 더 강했다. '설득'에는 기술이 필요할 정도로 상대방의 기존 생각이나 신념을 바꿀 만한 결정적인 전략이 필요하지만 '설명'에는 사실 그대로의 정보를 꼼꼼히 전달해주는 능력이 더 중요하다.

사실 내향형인 나는 설득의 경험 때문에 죄책감에 시달린 적이 있다. 진로를 고민하던 고등학생 후배에게 생활과학대학 투어를 시켜준 이후의 일이었다. 별 미사여구 없이 가벼운 마음으로 투어 요청에 응하고 구경을 시켜준 것이 전부였는데, 후배는 자신의 진로를 생활과학 계열로 정해버렸다. 나는 후배의 중요한 결정에 관여했다는 것만으로도 충분히 부담스러웠다. 그 후배는 입학 후에도 끊임없는 진로 탐색을 명목으로 이것저것 시도하며 방황하는 듯했다. 나중에는 그 부담이 죄책감으로 변했다. 다시는 누군가의 중대한 결정에 관여하지 않으리라 다짐했다. 머리로는 알고 있었다. 그냥 그 후배는 오래전부터 적성 찾기가 최대 관심사였고, 그래서 투어를 해달라고 부탁한 것이었고, 선택도 그가 한 것이었고, 계속해서 적성을 찾아가는 과정의 일부였던 것을. 하지만 학교 투어를 해주지 않았다면 투어의 영향 없이 스스로 진로를 결정했을 것이고 나는 그로 인한 부담에서 자유로웠을지도 모른다.

　내향적인 나는 누군가의 결정에 관여했던 설득의 경험이 마음에 너무 크게 남아 버거웠다. 불편한 자극이 남보다 크게 증폭되어 다가왔던 것이다. 일반적으로 내향인이 양심의 소리에 더 귀기울이고 죄책감도 더 크게 느낀다고 한다. 나는 설득의 부담감에서 벗어나고 싶었다. 설득이 아닌 설명을 통해 상대방이 선택할 수 있게 하는 것이 마음이 더 편했다. 그런 면에서 치과의사로서의 소통이 내향형인 나에게는 더 잘 맞았다.

　물론 외향적인 치과의사였다면 훨씬 더 친근한 이미지로 다가갈 수 있을지도 모르지만 가지지 못한 것 때문에 낙심하기에는 세상에는 아직 도전할 거리가 너무 많다. 현재 하는 일이 자신의 성향과 맞지 않아 고민이라면 먼저 자신의 성향을 잘 파악하여 진정으로 하고 싶고 잘할 수 있는 일을 찾는 것도 나쁘지 않은 것 같다. 그 모든 것은 자신을 제대로 파악하고 인정하는 것에서 시작해야 한다. 그리고 결정했으면 그것을 실행에 옮기는 실행력도 매우 중요한 것 같다. 물이 높은 곳에서 낮은 곳으로 흐르듯이 결국 마음의 소리는 자연스럽게 순리대로 흘러가게 되어 있다. 마음이 이끄는 대로 놔두면 되는 것 같다. 스트레스를 감지하고 줄이려는 노력은 본능이기 때문이다. 본능을 무시한 채 억지로 무언가를 하려다보면 꼭 탈이 난다.

내향인이 부끄러움이 많고 성격이 소심하다고 하는데, 꼭 그렇지는 않다. 성향은 성격과는 다르기 때문이다. 내향형은 태어날 때부터 갖고 태어난 기질이기 때문에 겉으로 드러나는 모습으로 판단하기란 어렵다. 그들은 완벽한 변장술도 함께 지니고 있다. 겉으로는 미온적이며 적당히 기운이 없지만 충분히 애쓰고 있으며 무엇이 자기를 행복하게 하는지 알고 있다. 그냥 자연스럽게 두면 된다. 살랑이는 바람도 어느 순간 위로가 될 수 있다.

“

첫사랑의 아픔을 간직한 기구한 운명의 사랑니

”

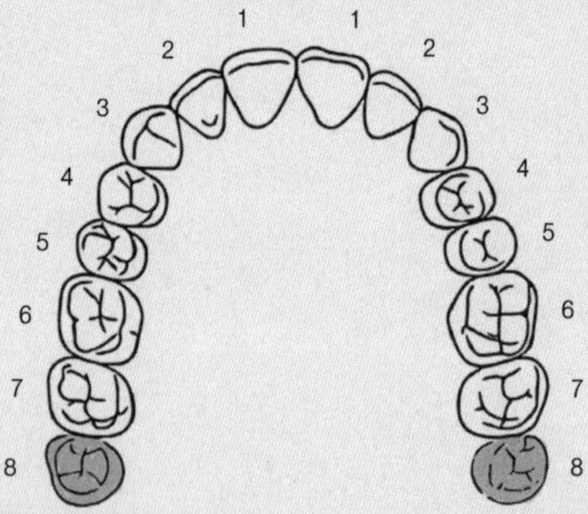

사랑니(제3대구치)

영구 치열 치아 중 가장 안쪽에 나오는 세번째 큰어금니다.

사랑니는 보통 사춘기 이후에 나오기 시작한다. 새로 어금니가 나올 때 첫사랑 앓듯이 아프다고 해서 사랑니라 불리기도 하고 사리 분별을 할 수 있는 지혜가 생기는 시기에 나온다고 하여 지치(智齒)라고도 한다. 이름들이 참 철학적이고 예쁘다. 사랑과 지혜라는 아름다운 이름 뒤로 세상의 빛을 보자마자 뽑히게 되는 기구한 운명까지 사랑니의 인생은 참 드라마틱하다.

식생활 습관이 달라지면서 과거의 인류와는 다르게 턱뼈가 점점 작아지면서 사랑니가 나올 자리가 거의 없어졌다. 그래서 사랑니는 턱뼈 안에 숨어 있거나 일부분만 잇몸 밖으로 나오기도 한다. 잇몸이 치아를 부분적으로 덮고 있는 상태에서는 염증이 생기기 쉽다. 또 앞에 있는 두번째 큰어금니에 걸려 뼛속에 비스듬히 위치하거나 아예 90도 옆으로 누워 있는 경우도 부지기수다. 다른 치아에 비해 퇴화 현상도 있고 어떤 경우에는 아예 사랑니가 없을 수도 있다.

"사랑니를 꼭 뽑아야 하나요?"

사랑니가 다른 어금니처럼 똑바로 나와서 씹는 기능에 문제가 없으면 굳이 뽑지 않아도 된다. 하지만 구강 청결을 유지하기 어려운 경우에는 예방적으로 뽑기도 한다. 사랑니가 뼛속에 매복되어 있을 때는 물혹이 생길 가능성도 있다. 깊게 매복된 사랑니는 신경과 가까워 발치가 까다로우며 신경 손상의 가능성도 있다. 사랑니는 아픔을 대변한다. 관리가 어렵고 염증이 생기기 쉬워 나오기 시작할 때 통증이 있고 매복 사랑니를 발치한 경우 회복 기간이 어느 정도 필요하기 때문이다. 청춘이라는 단어에 첫사랑의 아픔, 자아를 찾는 아픔, 질풍노도 시기의 괴로움이 다 담겨 있다면 그 아픔을 투영할 수 있는 대상이 될 수 있는 사랑니는 기꺼이 그 운명을 받아들인다.

앓던 사랑니를 뽑고 나면 통증이 사라진다. 뽑는 행위는 해결하지 못했던 문제에 대한 어떤 깨달음일 수도 있고 미래에 대한 중대한 결정을 내리는 행위일 수도 있다. 부정교합으로 어긋났던 교합이 맞춰지는 과정처럼 천천히 오랜 시간에 걸쳐 다져지는 듯한 깨달음이 있는가 하면, 사랑니를 뽑듯 단번에 확 느껴지는 깨달음이 있다. 어느 것이든 지금껏 세상과 나 사이에서 삐거덕거리던 불협화음에 가려졌던 내면의 소리가 마음의 볼륨을 조절하면서 제대로 들리기 시작하는 것과 같은 이치다. 볼륨을 천천히 돌리느냐, 단번에 빨리 돌리느냐의 차이일 뿐이다.

다름을 인정한다는 것

"기회가 된다면 당연히 가구까지 풀 옵션으로 새로 세팅해야지."

박사과정 선생님이 의아하다는 듯이 나와 연구실 동기 언니를 쳐다보며 말했다. 연구실 회의로 모인 우리는 교수님이 오기 전까지 토론 아닌 토론을 이어나가고 있었다. 돈 걱정 없이 집을 꾸밀 수 있다면 어떤 식으로 꾸미겠냐는 질문에 대한 답을 듣자마자 나온 말이었다.

"저는 살면서 조금씩 고치고 싶어요. 가구도 직접 만들면서요."

"저도 직접 페인트도 칠하고 소소하게 정원에서 식물도 가꾸고 싶어요."

그에게는 우리의 대답이 정말 뜻밖이었나보다. 표정과 제스처가 모든 것을 말해주었다.

"아니, 알 만한 사람들이 왜 그런 생각을……."

신기했던 것은 그곳의 다른 사람들도 그 선생님의 생각에 동조했다는 점이다. 새로운 공간을 창조할 수 있었던 생산자적인 디자이너의 입장과 소소하게 공간을 활용하고자 하는 소비자적인 입장 차이였으리라. 우리는 졸지에 무인도에서 막 건너온 이상한 사람들이 되어 있었다. 무안함에 몸 둘 바를 몰랐다. 무언가 죄를 지은 것 같아서 한동안 조용히 있었다. 그 말이 그리 이상한 것이었나. 단기간에 계획적으로 한꺼번에 고치는 것을 좋아하는 사람이 있을 수 있고 소소하게 오랜 시간에 걸쳐 직접 고치는 것을 좋아할 수도 있지 않은가. 그런데 상대방의 반응이 너무 강렬하면 순간 멍해지면서 나를 다시 생각하게 한다.

'내가 진짜 이상한 건가.'

생각과 의견 차이에서 오는 사람들의 격양된 반응을 전에도 한번 본 적이 있다. 영화와 관련된 교양 수업시간이었다. 그때 강사 선생님은 〈주유소 습격사건〉이라는 영화에 대해 주유소는 자본의 상징이고 이 영화의 주제는 권력과 자본을 향한 분노의 표출이라고 설명했다. 조용히 수업을 듣던 학생 중 한 명이 손을 들더니 너무 극단적인 해석이 아니냐며 반박했다. 영화에서도 주유소를 습격한 이유를 '그냥'이라 표현했고 영화를 만든 사람의 의도도 아마 가벼운 오락영화였으리라는 것이다. 이에 제작자의 의도와는 별개로 영화 자체에 대해 평론하는 것이 평론가의 역할이라는 설명이 이어졌다. 갑자기 학생들이 웅성거리면서 여기저기서 손을 들고 토론을 하기 시작했다.

　그런데 학생들과 강사 선생님 모두 격양되어 자기 의견을 피력하다보니 토론이 조금 과열되었다. 사회자가 있었다면 중간에 중재를 했겠지만 다수가 서로 자기 의견만 강하게 주장하니 강사 선생님 입장에서는 적잖이 당황했던 듯싶다. 수업을 일찍 끝내고 황급히 나갔던 것이다. 보통 수업시간에 질문을 하라고 해도 할까 말까 한데 이렇게 격양된 모습이 너무 낯설었다. 다들 왜 그렇게 화가 난 것이었을까. 단지 수업이었고 어떤 영화에 대한 평론이었을 뿐인데, 다수가 그 내용에 대해 반박하는 모습에서 생각의 차이가 가져오는 무서운 면을 볼 수 있었다.

　개인주의가 발달하면서 각자 생각의 다양성을 인정까지는 아니더라도 그 차이 자체에 그다지 관심이 없을 줄 알았는데, 분위기에 휩쓸린 탓인지 한순간에 서로의 생각의 차이를 비판하고 있는 모습에 더럭 겁이 났다. 집단 최면 같은 느낌이기도 했고 군중심리의 무서운 면을 보는 것 같기도 했다.

　색채 수업시간에 간판 색상에 대한 분석을 하는 과제가 주어진 적이 있다. 가시성을 높이기 위한 색채 기법들에 대한 분석이 과제의 의도였는데, 무슨 일인지 거의 모든 학생이 과제를 잘못했다. 우리나라의 무질서한 간판문화를 비판하는 리포트를 써낸 것이다. 과제를 제대로 한 학생은 단 두 명뿐이었다. 제대로 해온 학생이 없었다면 교수님께서 잘못 말씀하셨다고 생각했을 것이다. 어떻게 된 일인지 정말 궁금했다. 집단 최면에 걸린 것처럼 대부분 과제의 의도를 제멋대로 해석했다.

"그래서 이번 과제가 뭐라고? 뭘 해오라고?"

서로 과제에 대해 이야기하면서 잘못 알아듣고 다 같이 그릇된 결론을 도출한 것이다. 다수가 생각하는 것이 반드시 옳은 것이 아닐 수도 있다. 하지만 다수에 속해 있으면 마음이 편하다. 연구 결과에 따르면 사람들이 다수의 의견을 선택하는 행위는 '내 생각과는 다르지만 그럼에도 불구하고 안전하게 다수의 의견을 선택해야겠다'라는 동조가 아니라 실제 뇌가 그 의견이 맞다고 믿는 인식의 변화에 의한 것이다. 그래서 사람들은 무언가 선택해야 할 일이 있을 때 주로 다수의 의견을 따르게 된다. 그러나 다수의 의견이 자기와 맞지 않거나 다수에 속하고 싶어도 속할 수 없을 때는 소외감보다 더 강한 고통을 느낀다고 한다. 이로 인해 홀로 맞서는 두려움에 사로잡혀 내면에서의 갈등이 시작된다. 군중심리도 어쩌면 남들과 다르고 싶지 않은 욕망에서 나온 것이지 않은가 싶다.

내향형인 나는 일찌감치 친구들과 다르다고 생각했다. 그러나 주변 친구들에게 들키고 싶지 않았기에 철저히 가면을 쓰고 살았다. 그런 삶은 매우 피곤했다. 심지어 선생님이 일기 검사를 한다는 이유로 일기에조차 솔직하지 못하고 형식적인 이야기밖에 쓸 수 없었다. 하루하루 삶을 살아도 그 삶의 주인공은 내가 아닌 느낌이었다. 그래서 애정을 쏟을 다른 무언가가 필요했다. 나는 사람과의 관계에서보다 물건에서 위로를 얻었다. 물건에는 애정을 주고 싶은 만큼 줄 수 있었으며 스스로에게 스트레스를 주지 않았다.

보라색이 싫어지게 된 어느 날은 '보라색을 좋아하면 사이코'라는 소리를 듣게 된 날이기도 했다. 속으로 뜨끔했다. 조금 다르다고 생각했지만 잘 숨기고 있었다고 생각했다.

'내가 사이코이기 때문에 보라색을 좋아했던 것일까.'

일부러 멀리하려고 한 것은 아니었지만 그날 이후 보라색이 예뻐 보이지 않았다. 가장 소중했던 1호 선물이었던 하트 모양의 아동용 보라색 핸드백을 누가 볼세라 서랍장 안에 처박아두었다. 보라색을 좋아했다는 이유로 사이코와 공범이 되었고 감정도 지우고, 자신도 지우고 그렇게 은닉하며 숨어버렸다. 다른 사람과 다르다는 것은 사랑했던 모든 것을 부정할 수 있을 정도의 두려움으로 다가왔다.

먼 훗날 어린 시절의 추억이 어린 타임캡슐을 다시 열어보았을 때 매몰차게 처박아두었던 보라색 가방은 여전히 예뻤고 전에 사랑해 마지않았던 색이 보라색이었노라고 당당히 이야기할 수 있는 상태가 된 것에 안도했다. 스스로 성장한 것을 확인한 순간이었기 때문이다.

태어난 지 얼마 되지 않은 아이에게 약간의 자극을 주고 어떤 성향으로 자랐는지에 대한 실험에서 반응성이 큰 아이는 내향형 성인으로 자랐고 반응성이 적은 아이는 외향형 성인으로 자랐다고 한다. 보통 그 반대일 것이라고 생각하지만 내향인은 같은 자극을 주더라도 몸에서 더 많은 반응을 일으키기 때문에 외향인보다 외부 자극에 더 피곤을 느낀다고 한다. 그러므로 혼자 있는 편이 편할 수밖에 없다. '다름'은 단순히 기질의 차이에서 오는 것일 뿐이었지만 당시에는 그 사실을 알지 못했다.

세상의 3분의 1은 내향형이라고 한다. 어쩌면 바로 옆에 앉아 있는 직장 동료도 사실은 외향의 가면을 쓰고 생활하다 집으로 돌아가 혼자만의 시간으로 지친 심신을 회복하는 내향형인지도 모른다. 굉장히 활달해 보이는 사람들도 의외로 내향형인 경우가 많다. 사회의 기대에 부응하기 위해 엉뚱한 곳에서 에너지를 쏟는 내향형은 자신을 활발하게 드러내야만 살아남을 수 있는 경쟁 사회에 내몰린 가장 큰 피해자들인 셈이다. 하지만 세상은 다시 변화하고 있기 때문에 너무 낙심할 필요는 없다. 일단 각자의 마음속 소리에 귀를 기울이면서 또다시 변화할 세상을 대비하여 내향적인 방법으로 준비를 하다 보면 어느 정도 윤곽을 잡을 수 있다. 자책으로 심신을 깎아내릴 만한 문제가 전혀 아니다. 너와 내가 다르듯이 그냥 다른 것일 뿐 어느 누구의 잘못도 아니다.

다수에 속하지 못한 것이 큰 부담으로 느껴지기도 했다. 하지만 보이지 않는 곳에서 생각보다 많은 사람이 위장하면서 살고 있다는 사실을 알고 나서부터는 덜 외로웠다. 보이지 않는 동지들이 숨어서 자신만의 세상에서 최선을 다해 살고 있다는 사실만으로도 마음이 든든해졌다. 결국 혼자가 아니라는 생각이 중요한 것 같다.

내 힘으로 어쩔 수 없는 것이라면 내 안에서 다수에 대한 정의를 새롭게 내리면 된다. 더 큰 기준에서 보면 나의 이질감은 '다름'의 틈에 끼지도 못할 만큼 하찮은 것이었을지도 모른다. 기준을 달리하여 자신을 있는 그대로 받아들이는 객관화가 필요하다. 생각의 방식 또한 사람마다 다르다고 하지 않은가. 『나는 그림으로 생각한다』의 저자 템플 그랜딘이 일반적으로 사람들이 이미지로 생각하지 않고 언어로 생각한다는 사실에 놀랐다고 한 것처럼 사고 자체뿐 아니라 사고방식도 사람마다 매우 다를 수 있다.

지금까지 자책하며 힘들어했던 시간이 전혀 자책할 일이 아니었음을 깨닫게 될 즈음 이미 다름을 수용하고 그 장점을 취하려는 사회의 제도 안에 내가 속해 있었다는 사실이 떠올랐다. 돌이켜보면 생활과학대학에서도 정원의 딱 절반을 이과와 문과로 나누어 신입생을 선발했고 치의학전문대학원에서도 치의학 영역의 확장을 위해 다양한 전공의 사람들에게 입학 기회를 주었다. 그 안에서는 서로가 서로에게 영향을 줄 수밖에 없었다. 다양성을 인정하고 받아들임으로써 조화를 꾀하려는 시도의 중심에 내가 있었던 것이다. 내향형과 외향형이 두부 자르듯이 나누어지지 않듯이 문과와 이과, 다양한 학문 사이의 경계도 명확하지 않고 이미 허물어졌다. 다양성을 이해하고 존중하는 바람직한 시도가 학문의 영역에서도 보이듯이 억압에 의해 인정받지 못하고 숨어 지내던 내향인의 긍정적인 힘에 다시 한번 기회를 주어도 좋을 것 같다. 모두가 고치도록 유도했던 그 성향이 잘못이 아니었음을 생각하며 그렇게 지나버린 나의 시간을 조용히 위로했다.

앓던 사랑니

사랑니 때문에 아파본 사람들은 알 것이다. 앓던 이가 빠졌을 때의 해방감을.

사람은 유치가 빠지면 영구치가 나온다. 유아기 때 작은 치아를 사용하다가 골격이 커짐에 따라 크기가 큰 영구치가 딱 한번 더 나온다. 영구치는 망가지면 다시는 돌이킬 수 없기 때문에 관리를 잘 해주어야 한다. 이렇듯 유한한 것에는 유한이라는 이유로 어떤 가치가 있다. 시간이 가치가 있는 것도 유한하기 때문이다. 유치가 흔들리며 빠지는 자칫 위태로워 보이는 상황도 치아의 일생에서 꼭 필요한 과정이듯 실패라고 생각했던 과정이 성장을 위해 꼭 필요한 과정이라면 그 사실을 받아들이기로 했다. '만약에'는 더이상 큰 의미가 없고 남과 비교한들 달라지는 것은 없다. 받아들인다는 것은 자신에게 더 관대해지는 것이다. '괜찮아' 하고 넘어가면 그뿐이다. 받아들이고 인정한 이후의 두번째 라운드에서는 방치했던 내 안의 성향에 좀더 귀를 기울여보기로 했다.

동물 이빨의 독특한 생리 해부학적 특성은 그들의 식생활이나 생활환경을 보면 납득된다. 육식동물은 송곳니가 발달해 있고 초식동물은 어금니가 발달해 있다. 저마다의 스토리로 외부 환경과 자극에 적절히 적응해나가고 있는 것이다. 그렇기 때문에 서로 다름 그 자체가 조화롭다. 각 개체가 주변 환경에 적응하며 도생하기 위한 각자의 전략인 셈이다.

내 전략도 크게 다르지 않았다. 과도한 외부 자극을 적절히 차단하는 것도 주변 환경에 적응하기 위한 방법 중 하나였다. 단절을 위한 차단이 아니라 적응을 위한 차단이었다. 외부 자극은 다양한 형태로 나타났다. 감정적인 스트레스를 비롯하여 감각적으로 느껴지는 모든 것이 그에 해당되었다. 오감에 해당하는 자극도 예외는 아니었다. 자극이 강하다고 느껴지면 바로 신체적으로 반응이 나타났다. 주로 두통 형태로 나타났는데, 병원에서는 전형적인 편두통이라고 했다.

어두운 내용의 뉴스를 접하게 되면 하루종일 신경이 쓰인다. 평정심을 유지하기 위해 아무것도 하지 않아도 피곤한 느낌이다. 그래서 준비되지 않은 경우에는 일부러 자극적인 기사를 클릭하지 않는다. 포털 메인 페이지의 자극적인 기사 제목을 일부러 외면한다. 꼭 필요한 경우에만 마음의 준비를 하고 클릭한다.

그래서인지 매일 피부로 접하는 공간 환경은 매우 중요한 것 같다. 공간 환경은 외부 자극 중 우리와 가장 밀접하게 접촉하는 부분이기 때문이다. 공간은 집이 될 수도 있고, 직장이 될 수도 있으며, 버스 안이 될 수도 있다. 공간은 수동적으로 나에게 영향을 끼치기 때문에 바꿀 수 있는 부분이 바뀌면 그만큼 내가 소비하는 에너지가 줄어들고 가벼워진다. 공간 환경을 바꾸기 위한 인위적인 노력도 필요하다. 자신이 가장 편할 수 있는 자신만의 아지트를 만들되, 그 아지트를 점점 확장하는 것이다. 자신의 집을 직접 지고 다니는 동물도 있지 않은가.

이처럼 수동적으로 영향을 미치는 공간 환경과 달리 능동적으로 영향을 미치는 외부 요소가 있다. 바로 사람

사이의 관계다. 가족이나 상사처럼 내가 어쩔 수 없는 부분이 있는 것도 사실이다. 하지만 이미 본능적으로 불필요한 자극을 차단하면서 자신을 보호하는 방어기제가 작동하는 중일 터다. 망각도 방어기제 중 하나다. 그날 있었던 힘들었던 일은 빨리 잊고 집에까지 가져가려고 하지 않는다. 문제는 이런 방어기제에도 불구하고 그것을 넘어서는 어쩔 수 없는 스트레스 상황이다. 때에 따라 견디면서 버티는 것도 방법일 수 있겠지만 먼저 자신에게 물어보자. 얼마나 더 버틸 수 있느냐고.

내향형에 대해 이해하기 시작할 무렵 앞으로의 진로도 그에 따라 정해지면 좋겠다고 막연하게 생각했다. 마치 진로 탐색을 다시 시작하는 고등학생처럼 성향에 맞는 직업 찾기가 다시 시작되었다. 『콰이어트』의 저자 수전 케인이 내향적인 성향 때문에 변호사 일을 그만두고 작가로 전향한 것처럼 나도 막연히 같은 고민을 했던 것 같다. 당시에 그 책이 나왔더라면 조금 덜 힘들었을까. 다시 원점으로 돌아간 느낌이었다. 다른 점이 있다면 이번에는 함께 상의할 담임 선생님이 없다는 것이었다.

시간은 빠르게 흘러갔다. 대학원을 마치고 전에 하던 일로 다시 돌아간다면 외향의 탈을 쓰고 언제까지 그 일을 계속할 수 있을지 생각해보았다. 나의 첫 직장에서처럼 잦은 근무지 이동과 뉴스처럼 터져나오는 다채로운 외부 자극에 언제까지 버텨낼 수 있을지, 예고 없는 밤샘 작업을 대비하여 필요한 소지품을 보조 가방에 늘 갖고 다니는 생활을 얼마나 더 버틸 수 있을지, 각자 자기 기술에 자부심이 있는 목소리 큰 사람들 사이에서 중간자 역할을 하며 잘 조율할 수 있을지, 명령조까지는 아니더라도 중재를 위한 언어를 잘 구사할 수 있을지, 그 떨림을 끝내 들키지 않을지, 어느 순간 다시 한계에 부딪히지 않을지……. 무엇 하나 장담할 수 없었다. 한 번의 선택이라 쓰고 실패라 읽는 실패를 맛보았다고 생각하니 자신감이 많이 떨어졌다. 이 세상에 내 공간은 없는 것 같았다.

직업세계에 대한 깊은 이해가 없었던 탓에 성향에 대한 고려까지 하지 못했다. 이상과 실제의 괴리가 스스로의 힘으로 바꿀 수 없는 기질에 의한 것이라면 받아들이고 기질에 맞는 직업을 찾는 것이 순리인 듯했다. 성향을 고려하여 책상과 씨름하는 연구직이 나을지, 좋아하는 손으로 작업하는 창의적인 일이 나을지 아무리 생각해도 잘 모르겠다. 학교와 사회는 엄연히 다른 것을. 부딛쳐보고 나니 평범한 일상을 영위하는 평범한 사람들이 더이상 평범해 보이지 않았다. 대단히 위대해 보였다.

앞으로의 불확실성 때문에 공기마저 모래주머니처럼 무겁게 느껴지는 나날을 보내고 있을 때 내 눈에 비친 세상은 조금 어두웠다. "눈은 마음의 창"이라고 하더니 눈이라는 필터를 통해 투영된 세상은 나의 마음처럼 흐릿하고 탁했다. 신기하게도 바삐 길을 걷는 사람들도, 횡단보도를 건너는 사람들도, 가게에서 무언가를 사 들고 나오는 사람들도 저마다의 슬픈 사연이 있는 것처럼 보였다. 그냥 내 마음이 그랬던 것일 뿐인데. 가면을 쓰고 살았던 대가치고는 너무 크지 않은가.

마치 치통 같았다. 치아 속에 염증이 생겨 바깥으로 붓고 싶어도 단단한 껍질에 막혀 안으로만 파고드는 고통을 고스란히 혼자 떠안은 치아처럼 그 고통은 온전히 나의 것이었다. 치아의 껍질이 뚫려야 비로소 내압이 줄어드는 것처럼 외면하지 말고 직시하여 내 스스로를 직접 찔러야 했다. 우울함에서 벗어나야 했다. 스스로에게 시간을 주기로 했다. 조급하면 일을 그르치기 마련이었다. 내향형의 장점인 섬세함, 집중력, 관찰력, 공감력을 발휘할 수 있는 방법을 조용히 생각해보았다. 실패한 것이 아니라 아직 찾지 못한 것일 뿐이었다. 스스로 되뇌었다. 실패가 학습이 되면 다른 일을 시작해보기도 전에 포기하게 된다. 자신만의 동굴에 너무 깊이 들어가게 되면 나오는 방법을 잊어버리게 될 수도 있다. 내향형의 본질은 회피가 아니다. 행복을 느끼는 경로가 다를 뿐이다. 그렇다. 행복을 느끼는 경로의 소리에 좀더 집중해보기로 했다.

어느 날 우연히 고개를 들었을 때 지나가는 버스의 광고판을 보게 되었다. 회색빛 배경의 분주한 사람들 속에서 유독 광고판 하나가 다른 배경과는 다르게 슬로모션으로 지나가더니 이내 내 눈앞에서 강조선이 번쩍였다. 치의학 교육 입문 시험 검사 대비 학원 광고였다.

'혹시 저것일까? 저기에 해답이 있을까?'

그길로 나는 바로 도서관으로 향했다. 내 마음이 보내는 소리에 귀기울여보기로 했다. 마침 교정 치료가 거의 끝날 무렵이었다. 대학병원에서 교정 치료를 받으면서 대기시간 동안 심심해서 주변을 관찰했는데, 서당 개 3년이라고 병원 분위기나 돌아가는 모습이 어느덧 익숙해졌다. 막연히 나도 그 일원이 되어보면 어떨까 생각하던 참이었다. 치주가 좋지 않아 찾아갔던 치주과에서 연구 케이스로 쓰고 싶다고 하여 승낙한 것도 어쩌면 내가 더 관심이 있어서였을지도 모른다. 인연이 되려고 그랬던 것일까. 치과의사가 되고 나서 궁금하여 그 논문을 한번 찾아보기도 했다.

그 버스는 어쩌면 일부러 내 눈에 띄라고 천천히 달려와준 것인지도 모른다. 회색빛 흐린 필터 속에서도 고개를 들어 그 광고를 보게 된 것이 지금 이렇게 다행일 수가 없다. 차도 많고 사람도 많던 신촌 로터리에서 생각이 많던 내 눈에 띈 광고가 도화선이 되었고 지금은 흰 가운을 입고 매일 치아의 안부를 살피는 치과의사가 되었다.

기억 속의 시간이 거꾸로 흘러가기 시작한다. 지나가던 사람들도, 가운을 입고 있는 나도. 그렇게 빠르게 뒷걸음치며 멈춰 선 곳은 신촌 로터리. 그곳에는 과거 눈빛이 반짝이던 내가 서 있다.

얼마 전 싸이월드에서 만났던 과거의 나와는 그렇게 다시 마주쳤다.

너는 단지 눈물이 조금 많을 뿐이고, 조금 지쳐 있을 뿐이라고, 그리고 너는 앞으로도 크게 변하지 않을 것이라고, 하지만 그것은 괜찮다고……. 그렇게 다독여주었다.

세포는 일정한 주기로 생성되고 소멸된다. 예전의 나를 이루던 세포와 지금의 나를 이루는 세포는 같은 세포가 아니다. 그렇다면 예전의 나와 지금의 나는 과연 생물학적으로 같은 나라고 할 수 있을까. 같은 기억을 공유한 다른 존재인지도 모른다. 그래도 나는 너의 빛나는 미래를 응원하는 변함없는 너의 편이다.

앓던 사랑니는 그렇게 빠졌다.

인생이라는 긴 시험을 아직 치르고 있는 나는 이제 더이상 정확한 답을 알려달라고 떼쓰지 않는다. 단답형이 아닌 서술형 시험임을 알게 되었기 때문이다. 지금 이 시간에도 답안을 작성하고 있는 나는 이제 답지 제출이 큰 의미가 없음을 알게 되었다. 시험을 치르는 과정 자체가 이미 나를 성장하게 했고 앞으로도 그럴 것이다. 그러므로 나는 시험을 끝내지 않고 계속해서 답지의 행간을 곱씹어보기로 했다. 한 번, 두 번 나를 다시 들여다볼 때마다 한 겹, 두 겹 보이지 않는 막이 걷히는 느낌이다. 때로는 주관적으로, 때로는 객관적으로 나를 바라보고 조용히 생각한다. 나는 아직도 많이 서툴다. 왜 작은 돌에도 크게 아파하는 개구리여야 했는지는 나의 기질이 답해주었다.

"너에게는 숨은 능력이 있어. 네가 느끼는 자극은 너로 인해 크게 증폭된단다. 아주 작은 별도 네 앞에서는 더 크게 반짝이고, 아주 작은 마음의 소리도 매우 크게 들리지."

"저는 그것 때문에 눈을 뜰 수 없을 만큼 눈부시고 마음이 너무 요동쳐서 힘들어요. 할 수만 있다면 세상의 볼륨을 아주 작게 줄이고 싶어요."

"알고 있단다. 그건 네 잘못이 아니야. 그 능력을 한 번 바라봐주겠니. 필요하면 마음껏 이용하렴. 자극이 더 섬세하게 느껴지는 만큼 더 깊이 파고들 수 있어. 너에게는 조용히 사색하며 쉴 수 있는 이 넓은 우주가 있잖니. 여기가 다 네 안방이고 거실이야. 사색의 즐거움을 모르는 사람들도 많단다. 너만의 우주로 들어가는 열쇠는 너만이 갖고 있어. 쉬고 싶을 때 언제든지 와서 쉴 수 있게 여긴 내가 잘 지키고 있을게."

어릴 적 친구들에게 연락을 자주 하지 못한 것에 대한 자책, 어린 시절 차 안에서 우리 차가 맨 앞에 달려야 한다면서 빨리 가자고 부추겼던 어리석음, 어린 동생이 아끼던 종이처럼 얇은 비누를 내가 너무 뜨거운 물을 튼 나머지 놓치게 했던 미안함도 모두 그 안에 담아두기로 했다.

이제 알겠다. 다채로운 꽃잎 색의 그 미친 벚나무도 자기만의 우주로 가는 열쇠가 있었나보다. 요란하고 시끄러운 세상 속, 요동치는 풍랑 속에서도 고요할 수 있는 의연함을 닮고 싶다. 깨지기 쉬운 유리잔처럼 무언가에 부딪쳤을 때 높은 주파수의 비명소리가 마음속에서 끊이지 않지만 나는 나만의 우주에서 나만의 방식으로 조용히 잠잠해지기를 기다린다.

과잉 자극을 피해 숨어버리고 싶은 나는 사회성이라는 기준의 잣대에서 보면 한참 자격 미달이겠지만 바쁘게 돌아가는 일상에서도 모든 것을 잠시 멈추어버릴 수 있는 마법의 열쇠를 갖고 있다. 시끄러운 세상을 잠시 멈춘 후 나만의 공간으로 입장하기만 하면 바로 슬로모션의 우주에서 유유자적하는 삶을 동시에 살 수 있으니 어찌 보면 초능력자가 아닌가.

아직 끝낼 생각이 없는 시험을 치르면서 행간을 곱씹어보고 또다시 퇴고를 반복한다. 내가 삼켰던 답답한 돌덩이의 크기가 점점 작아지고 있음을 느낀다. 바람처럼 가벼워지는 날이 올 때까지 계속해서 나를 이해하기 위해 노력할 것이다. 사랑받아 마땅할 존재이므로 마음의 소리에 계속해서 귀기울여보기로 했다.

오늘도 이 작은 치과(또다른 나만의 우주)에서 치아들과 대화를 나누고 있다. 치아들은 말이 없지만 온몸으로 나와 대화를 한다. 그들의 목소리가 들리는 듯하다. 그렇게 닮고 싶었던 의연함의 대열에 드디어 나도 초대된 것일까. 아직까지는 잘 모르겠다.

날마다, 28
날마다 28개 치아의 안부를 묻는다

ⓒ 장지혜 2021

초판 1쇄 인쇄 2021년 11월 1일
초판 1쇄 발행 2021년 11월 11일

지은이 장지혜

편집 이원주 박민영 신정민
디자인 윤종윤 이주영
마케팅 정민호 김경환
홍보 김희숙 함유지 김현지 이소정 이미희
제작 강신은 김동욱 임현식 | 제작처 천광인쇄사

펴낸곳 (주)교유당 | 펴낸이 신정민
출판등록 2019년 5월 24일 제406-2019-000052호

주소 10881 경기도 파주시 회동길 210
전화 031.955.8891(마케팅) | 031.955.2680(편집) | 031.955.8855(팩스)
전자우편 gyoyudang@munhak.com

인스타그램 @thinkgoods | 트위터 @thinkgoods | 페이스북 @thinkgoods

ISBN 979-11-91278-83-5 03810